L'ORNIÈRE

HERMANN HESSE
Prix Nobel

L'ORNIÈRE

roman

Traduit de l'allemand par Lily Jumel

CALMANN-LÉVY

Titre original :
UNTERM RAD

ISBN 2-266-01868-X
© Calmann-Lévy, 1957.

M. JOSEPH GIEBENRATH, courtier et agent, n'avait aucune qualité ou particularité qui le distinguât de ses concitoyens. Comme eux, il était corpulent, robuste, passablement doué pour le commerce, professait un culte sincère et cordial pour l'argent; il possédait en outre une petite maison d'habitation avec un jardinet, une tombe de famille au cimetière, une religion qu'il croyait éclairée et montrant quelque peu la trame; il respectait comme il convenait Dieu et l'autorité, et se soumettait aveuglément à la loi d'airain des convenances bourgeoises. Il buvait de nombreuses chopes de bière, mais il n'était jamais ivre. Il lui arrivait d'entreprendre de-ci de-là une affaire pas absolument régulière, mais il ne dépassait jamais les frontières de ce qui était formellement permis. Il traitait les malheureux, les gueux avec une arrogance pleine de dédain. Il était membre du Cercle Bourgeois et s'associait, chaque vendredi, aux parties de quilles, à l'Aigle, ainsi qu'à toutes les fêtes consacrées de la communauté. Pendant le travail, il fumait des cigares bon marché; après les repas et le dimanche, de meilleurs.

Sa vie intérieure était celle des Philistins. Ce qu'il pouvait détenir de sensibilité était poussiéreux depuis bien longtemps et ne comportait guère qu'un vague sens familial traditionnel et bourru, une certaine fierté en ce qui concernait son propre fils et, à l'occasion, une humeur plus ou moins généreuse vis-à-vis des pauvres. Ses capacités intellectuelles n'allaient pas au-delà d'une finasserie innée, strictement délimitée, et d'un sens assez marqué de l'arithmétique. Il bornait ses lectures à celle des journaux, et ses besoins artistiques étaient largement satisfaits par la représentation annuelle des amateurs du Cercle Bourgeois et, de temps en temps, par la visite d'un cirque.

Il aurait pu changer de nom et d'habitation avec n'importe lequel de ses voisins sans que quoi que ce fût en eût été modifié. Il partageait avec les autres chefs de famille de la ville jusqu'aux sentiments les plus intimes de son être. Une méfiance constamment en éveil contre toute supériorité, toute personnalité et une instinctive hostilité, née de l'envie, contre tout ce qui sortait de l'ordinaire, tout ce qui était plus libre, plus grand, plus spirituel.

Suffit pour lui! Seul, un profond ironiste serait en mesure de décrire cette vie plate et son côté inconsciemment tragique. Mais cet homme avait un fils unique, et c'est de lui qu'il est question.

Hans Giebenrath était sans conteste un enfant doué. Il suffisait de le voir se détacher parmi les autres tant par sa race que par son caractère. Ce petit trou de la Forêt-Noire ne procréait généralement pas de type humain de ce genre : il n'en était jamais sorti un être ayant une idée ou faisant une action qui dépassât la plus étroite médiocrité. Dieu sait d'où ce garçon tenait ces yeux sérieux, ce front intelligent et cette distinction dans la démarche. Peut-être de sa mère? Elle était morte depuis des années, et l'on n'avait rien noté de remarquable chez elle pendant sa vie, sinon qu'elle avait toujours été maladive et préoccupée. Le père n'entrait pas en ligne de compte. Il fallait donc que l'étincelle eût vraiment jailli d'en haut pour retomber dans le vieux nid, qui, durant huit ou neuf siècles, avait produit tant de citoyens capables, mais jamais un talent ou un génie.

Un observateur formé aux idées modernes, se souvenant de la mère délicate et de la grande ancienneté de la famille, eût pu parler d'une hypertrophie de l'intelligence, symptôme d'une dégénérescence naissante. Mais la ville était assez heureuse pour ne pas abriter de gens de cette espèce, et il n'y avait guère que les plus jeunes ou les plus astucieux d'entre les fonctionnaires et les maîtres d'école qui eussent, grâce à des articles de revues, une connaissance imprécise de l'existence d'un « homme moderne ». On pouvait encore vivre dans ce lieu et y passer pour cultivé sans être informé des paroles de Zarathoustra. Les unions conjugales étaient sérieuses, souvent heureuses, et la vie tout entière y avait des façons irrémédiablement démodées. Les bourgeois bien assis, aisés — desquels beaucoup, au cours des dernières vingt années, de travailleurs manuels étaient devenus fabricants — tiraient certes leurs chapeaux aux fonctionnaires et recherchaient leur compagnie; mais, entre eux, ils les traitaient de crève-la-faim et de scribouillards. Assez curieusement, pourtant, ils n'avaient pas de plus grande ambition que de pousser, si possible, les études de leurs fils pour en faire des fonctionnaires. Malheureusement, cela semblait devoir rester pour toujours dans le domaine des rêves, car la génération montante, pour la majorité, ne parvenait au bout des études secondaires qu'à grand-peine et en redoublant force classes.

Il n'y avait pas de doute quant au don de Hans Giebenrath. Les professeurs, le recteur, les voisins, le pasteur de la ville, ses camarades d'école, tout le monde enfin était d'accord sur ce point : le garçon avait de l'idée et, d'ailleurs, était tout à fait exceptionnel. Ainsi, son avenir se trouvait arrêté et fixé. Car en pays souabe, à moins que les parents ne fussent riches, il n'y avait pour les garçons doués qu'une seule voie bien étroite : par le concours d'admission au séminaire protestant de Tübingen; et de là, soit à la chaire, soit à la cathèdre. Tous les ans, trois ou quatre douzaines de fils du pays empruntaient ce chemin paisible et sûr; des garçons maigres, récemment confirmés, exploraient aux frais de l'État les divers domaines des humanités et, huit ou neuf ans plus tard, entamaient la seconde partie, souvent la plus longue, de leur carrière, au cours de laquelle ils devaient indemniser l'État des bienfaits reçus.

Le concours d'admission (dit « examen d'État ») devait avoir de nouveau lieu dans quelques semaines. L'on nomme ainsi l'hécatombe spirituelle par laquelle l'État choisissait la fine fleur intellectuelle du pays et pendant la durée de laquelle, des petites villes et des villages, les soupirs, les prières et les vœux d'innombrables familles montaient vers le chef-lieu où se déroulaient les épreuves.

Hans Giebenrath était le seul candidat que la petite cité comptait envoyer au difficile concours. L'honneur était grand, mais il n'était pas gratuit! Aux heures de classe quotidiennes se prolongeant jusqu'à quatre heures, s'ajoutaient les leçons particulières de grec chez le recteur; puis, à six heures, le pasteur de la ville était assez aimable pour lui donner une répétition de latin et d'instruction religieuse; deux fois par semaine, après le dîner, il y avait encore une heure de « conseils » chez le professeur de mathématiques. En grec, outre les verbes irréguliers, on appuyait surtout sur la multiplicité des enchaînements de phrases s'exprimant par les particules; en latin, il s'agissait d'avoir un style clair, concis, et notamment de bien connaître les innombrables finesses de la prosodie; en mathématiques, l'insistance se portait sur les règles de trois composées. Celles-ci, disait souvent le professeur, étaient, certes, en apparence sans valeur pour les études et la vie à venir, mais seulement en apparence! En réalité, elles étaient très importantes. Oui, même plus importantes que d'autres disciplines principales, car elles formaient chez l'élève des facultés de logique et étaient à la base de toute pensée lucide, froide, génératrice de succès.

Pour que, cependant, aucune sursaturation spirituelle n'intervînt et pour que la sensibilité ne fût point oubliée, ne finît par être flétrie par tous ces travaux purement intellectuels, Hans était autorisé, tous les matins, une heure avant le début des classes, à assister à la leçon d'éducation religieuse faite aux candidats à la confirmation. Sa jeune âme y recevait la rosée bienfaisante du catéchisme, de la stimulante étude par cœur et récitation des demandes et réponses. Malheureusement, il se gâchait à lui-même ces heures vivifiantes et se privait de leur bienfait. Car il dissimulait dans son catéchisme des petits papiers, couverts de vocables grecs ou latins, ou de toute autre leçon à apprendre, et passait cette heure plongé dans les sciences profanes. Toutefois, sa conscience n'était pas émoussée au point que, pendant ce temps, il ne fût constamment la proie du remords, d'un sentiment d'angoisse. Quand le doyen s'approchait de lui ou prononçait son nom, il sursautait, effrayé; et lorsqu'il était interrogé, son front était couvert de sueur, son cœur battait à tout rompre. Mais ses réponses étaient invariablement exactes, bien exprimées, ce à quoi le doyen attachait une grande importance.

Les devoirs à rédiger, les leçons à apprendre par cœur, à répéter, à préparer, s'entassant pendant la journée, cours par cours, pouvaient se faire le soir tard, à la maison, dans la lumière familière de la lampe. Ce travail tranquille, baignant dans la paix bénie du foyer, auquel le professeur de classe attribuait une action particulièrement profonde et bienfaisante, durait habituellement les mardis et les samedis jusqu'à environ dix heures, mais les autres jours jusqu'à onze heures, minuit et souvent plus tard. Le père grommelait bien un peu à cause du gaspillage d'huile, mais n'en considérait pas moins ces études avec une fierté complaisante. Pour les heures creuses éventuelles et pour les dimanches, qui forment en somme le septième de notre existence, on recommandait vivement de compulser les auteurs pas lus à l'école et de répéter les règles de grammaire.

— Bien entendu, avec mesure, avec mesure! Il est indispensable de faire une promenade une ou deux fois par semaine, c'est d'un effet miraculeux. Quand il fait beau temps, on peut également emporter son livre en plein air — tu verras comme il est facile, agréable d'apprendre dehors, à l'air frais. Et surtout, tête haute!

Donc, Hans fit de son mieux pour porter haut sa tête, employa dorénavant ses promenades à l'étude, et erra silencieux, effarouché, le visage pâli par le manque de sommeil et les yeux cernés de bleu par la fatigue.

— Que pensez-vous de Giebenrath? Il passera, n'est-ce pas? dit une fois le professeur de classe au recteur.

— Il passera, il passera, jubila le recteur. C'est un garçon des plus intelligents. Regardez-le donc : il a déjà l'air spiritualisé!

Pendant les huit derniers jours, la « spiritualisation » était devenue éclatante. Dans ce beau et délicat visage d'adolescent brûlaient d'un feu terni des yeux fiévreux, profondément enfoncés; des rides fines, trahissant le génie, se formaient sur son front pur; les bras et les mains, déjà frêles et maigres par nature, tombaient le long du corps avec une grâce épuisée toute botticellesque.

On y fut enfin. Il devait partir le lendemain matin avec son père pour Stuttgart et montrer là, en subissant « l'examen d'État », s'il était digne de franchir la porte étroite du monastère où se trouvait le séminaire protestant. Il venait de faire au recteur sa visite d'adieu.

— Ce soir, dit pour finir ce tyran redouté avec une douceur inaccoutumée, il ne faut plus que tu travailles. Promets-le-moi! Tu dois arriver frais et dispos à Stuttgart demain. Va te promener encore une heure, et, vite, au lit! La jeunesse a besoin de sommeil!

Hans fut stupéfait de cette bienveillance; il avait

craint une avalanche de conseils; il sortit du bâtiment de l'école en poussant un soupir de soulagement. Les grands tilleuls brillaient d'un éclat mat dans la chaude lumière ensoleillée de cette fin d'après-midi; sur la place du Marché, les deux fontaines ruisselaient et scintillaient; au-dessus de la ligne irrégulière des toits se dressaient les montagnes couvertes de sapins d'un bleu noir. Il semblait au jeune garçon qu'il ne les avait plus vues depuis bien longtemps; tout cela lui parut particulièrement beau et attirant. Bien sûr, il avait mal à la tête, mais aujourd'hui il n'avait plus de leçons à apprendre...

Sans se hâter, d'un pas nonchalant, il traversa la place du Marché, passa devant l'hôtel de ville, longea la rue du Marché et la coutellerie jusqu'au Vieux Pont. Là, il flâna un moment sans but et finit par s'asseoir sur le large parapet. Pendant des semaines et des mois, il était allé et revenu par là quatre fois par jour : il n'avait pas eu un regard pour la petite chapelle gothique du pont, non plus que pour le pont lui-même, la chute d'eau, le barrage, le moulin, voire pour la prairie des bains, les rives envahies d'osiers où se pressaient les tanneries, le fleuve profond, vert et calme comme un lac, qu'effleuraient les branches tordues et effilées des saules.

Tout à coup, il se souvint de toutes les journées, de toutes les après-midi qu'il avait passées là, à nager, plonger, ramer, pêcher à la ligne. Ah! la pêche à la ligne! Cela aussi, il l'avait presque désappris et oublié! Quelles larmes amères il avait versées autrefois, lorsqu'elle lui avait été interdite, à cause de la préparation à l'examen! La pêche à la ligne... Elle avait représenté les plus belles heures de sa vie d'écolier : être là, debout, immobile, à l'ombre transparente des saules, dans le mugissement tout proche du barrage, devant l'eau profonde, sereine! Et les jeux de lumière sur la rivière, la faible oscillation de la longue canne à pêche, l'excitation quand « ça mordait », qu'on tirait la ligne, et la singulière joie intime lorsque l'on tenait dans sa main le petit corps ferme et frais du poisson tout frétillant!

En avait-il pêché de ces carpes succulentes; et des gardons, des barbillons... et aussi de ces tanches exquises, de ces petits vairons aux belles couleurs! Longtemps, il laissa errer son regard sur l'eau; la vue de ce verdoyant recoin du fleuve le rendit triste et songeur : ces belles joies d'enfant, sauvages, libres, lui paraissaient si lointaines. Machinalement, il tira de sa poche un morceau de pain, l'émietta en petites et grosses boulettes, les jeta à l'eau et les suivit du regard pendant que, s'enfonçant doucement, elles étaient happées par les poissons. Les minuscules goujons et les ombles vinrent les premiers : goulûment, ils avalaient les petits morceaux et déchiquetaient en zigzag les plus gros d'un museau avide. Puis s'approchait avec une sage et prudente lenteur, un chevesne plus grand, dont le dos sombre et large se détachait à peine sur le fond; il entreprenait avec méfiance le tour du bout de pain, et le faisait soudain disparaître dans sa bouche toute ronde, grande ouverte. Du courant paresseux de la rivière montait un souffle tiède et humide; de clairs nuages se reflétaient confusément sur la surface glauque; du moulin venait le grincement de la scie circulaire, et les deux barrages faisaient entendre un même grondement grave, suggérant la fraîcheur. Le jeune garçon pensa au tout récent dimanche de la confirmation où, au beau milieu de la solennité et de l'émotion ambiante, il s'était surpris à répéter mentalement un verbe grec. Cela lui était souvent arrivé, ces derniers temps, de voir ses réflexions interrompues, et, à l'école aussi, au lieu de se concentrer sur le travail en train, de songer tout le temps à celui qui était fini ou à un autre à venir. L'examen promettait!...

L'esprit absent, il quitta son siège, indécis de la direction qu'il prendrait. Il tressaillit violemment lorsqu'une main robuste se posa sur son épaule, cependant qu'une bienveillante voix masculine lui adressait la parole :

— Dieu te garde, Hans. M'accompagnes-tu un bout de chemin?

C'était le maître cordonnier Flaig, chez lequel il allait parfois jadis passer la veillée, ce qu'il n'avait plus fait depuis longtemps. Hans lui emboîta le pas et écouta sans trop entendre ce que lui disait le fervent piétiste. Flaig parlait de l'examen, souhaitait bonne chance à l'adolescent, lui prodiguant des encouragements; mais le sens réel et final de son discours portait surtout sur le côté « extérieur » et accessoire du concours. Le rater n'était pas une honte, cela arrivait aux meilleurs; et, au cas où il en serait ainsi pour lui, il lui faudrait penser que les voies du Seigneur sont mystérieuses et que les détours choisis par Lui pour la conduite des âmes Lui sont propres.

Hans n'avait pas la conscience très pure vis-à-vis du brave homme. Il avait pour lui la plus grande estime, pour ses manières de voir graves, imposantes; mais il avait souvent entendu plaisanter les « frères prêcheurs », en avait fréquemment ri lui-même, plus d'une fois, en dépit de sa conviction intime; et puis, il s'en voulait de sa lâcheté, car, depuis un certain temps, il évitait le cordonnier avec une sorte de crainte, à cause de ses questions indiscrètes. Depuis qu'il était devenu la fierté de ses professeurs et lui-même un peu vaniteux, maître Flaig l'avait souvent regardé avec une insistance étrange, s'efforçant de le ramener à la modestie. Ainsi, l'âme du garçon avait peu à peu échappé à l'influence du guide bien intentionné, car Hans se trouvait en plein épanouissement de l'ombrageuse indépendance propre à l'adolescence, et ses antennes étaient particulièrement sensibles à tout ce qui touchait au sentiment qu'il avait de sa valeur. A présent, il marchait à côté de son interlocuteur et ignorait avec quelle inquiète bonté celui-ci le regardait.

Dans la rue de la Couronne, ils croisèrent le pasteur de la ville. Le cordonnier lui adressa un salut froid, contraint, et se trouva subitement très pressé. Le pasteur passait pour être « moderne » et avait la réputation de ne pas même croire à la résurrection. Il emmena le garçon.

— Comment te sens-tu? interrogea-t-il. Tu dois être bien content que le moment soit enfin venu...

— Oui, en effet...

— Très bien! Surtout, sois d'aplomb! Tu sais les espoirs que, tous, nous plaçons en toi. En latin, je compte sur un résultat tout à fait extraordinaire!

— Et si j'échoue? demanda timidement Hans.

— Échouer? Le révérend s'arrêta, médusé. Échouer? C'est tout bonnement hors de question, hors de question!... Quelle idée!

— Je voulais seulement dire que cela pouvait arriver...

— Cela ne peut pas, Hans, cela ne peut pas... tranquillise-toi sur ce point. Salue ton père de ma part, et bon courage!...

Hans le suivit du regard, puis il se retourna, cherchant machinalement le cordonnier. Qu'avait donc dit celui-ci? Le latin n'avait pas une telle importance, pourvu que l'on eût le cœur à la vraie place et que l'on craignît Dieu. Pour ce que cela lui coûtait, de parler! Et là-dessus, le pasteur de la ville! Si jamais il échouait, il ne pourrait plus jamais se représenter devant celui-là!

Très démoralisé, il se faufila vers la maison et le jardinet en pente. Il s'y trouvait un petit pavillon d'été désaffecté depuis longtemps; naguère, Hans y avait installé des casiers de sa fabrication et y avait pendant trois ans élevé des lapins. L'automne dernier, on les lui avait tous retirés, à cause de l'examen. Il ne pouvait plus perdre de temps à des distractions.

Il y avait longtemps aussi qu'il n'était pas venu au jardin. La cabane vide semblait près de tomber en ruine; le groupe de stalagmites dans le coin du mur s'était écroulé; la petite roue à eau en bois gisait, cachée et cassée, à côté de la conduite d'eau. Il songea aux jours où il avait construit et ajusté tout cela, au plaisir qu'il en avait éprouvé. Déjà deux ans — toute une éternité! Il ramassa la petite roue, essaya de l'arranger, la brisa tout à fait et la jeta par-dessus la clôture. Au diable tout cela, il y avait belle lurette que c'était passé, fini! A cet instant, il se souvint de son camarade d'école Auguste. Ce dernier l'avait aidé à monter la roue à eau, à réparer le clapier. Ils avaient joué là des après-midi entières, tirant à la fronde, tendant des pièges aux chats, dressant des tentes, dévorant pour leur goûter des carottes crues toutes jaunes. Puis, cette histoire d'ambition avait commencé; Auguste avait quitté l'école un an auparavant et était devenu apprenti mécanicien. Depuis, il ne s'était montré que deux fois. Apparemment, lui non plus n'avait pas le temps...

Les ombres des nuages couraient rapidement sur la vallée, le soleil touchait presque à la montagne. Pendant un instant, le garçon eut l'impression qu'il allait se jeter à terre et pleurer. Au lieu de cela, il chercha dans la remise la hachette, la brandit en l'air de ses bras maigres et se mit à fendre le clapier en cent morceaux. Les planches volaient en éclats, les clous se pliaient en grinçant, un peu d'herbe à lapin pourrie, datant de l'été dernier, apparut au jour. Il cognait sur tout cela comme s'il pouvait tuer ainsi sa nostalgie des lapins, d'Auguste, de tous ces enfantillages évanouis.

— Eh bien, eh bien! Qu'est-ce que c'est, qu'est-ce que c'est? cria le père de la fenêtre. Que fais-tu là!

— Du petit bois pour le feu!

Sans en dire davantage, il jeta loin de lui la hache, courut à travers la cour jusqu'à la rue et, de là, sur les berges en amont du fleuve. Non loin, près de la brasserie, étaient amarrés deux trains de bois. Que de fois il avait descendu le courant pendant des heures sur l'un d'eux au cours de chaudes après-midi d'été, à la fois excité et engourdi par cette navigation sur l'eau clapotant entre les grumes. Il sauta sur les troncs flottant librement, alla s'étendre sur un tas d'osier et essaya de s'imaginer qu'il était sur un flottage en marche, tantôt accélérant son allure, tantôt la ralentissant à travers prés, champs, villages, côtoyant la lisière des forêts pleines d'ombre fraîche, passant sous des ponts, par des barrages; et lui, il était là, couché de tout son long. Tout était comme avant, quand il allait chercher de l'herbe pour ses lapins au Kapfberg, qu'il pêchait à la ligne sur la rive, dans le jardin de la tannerie, et n'avait encore ni maux de tête ni soucis.

Il rentra pour dîner, fatigué et démoralisé. Le père était très énervé à la perspective de l'examen et du voyage à Stuttgart; il lui demanda une douzaine de fois s'il avait bien emballé ses livres, s'il avait préparé son costume noir, s'il ne voudrait pas en route jeter encore un coup d'œil sur la grammaire, s'il se sentait bien. Hans donna des réponses brèves, hargneuses, mangea peu et dit bientôt bonne nuit.

— Bonne nuit, Hans. Dors bien, surtout. Alors, je te réveille demain à six heures. Tu n'as pas oublié ton dictionnaire, au moins?

— Non, je n'ai pas oublié le dictionnaire. Bonne nuit!

Dans sa chambrette, il resta encore longtemps éveillé sans lumière. Jusqu'à présent, le seul bienfait qu'il eût retiré de l'examen, c'était cette petite chambre personnelle, où il était son maître, où on ne venait pas le déranger. Il y avait soutenu de longs combats contre la fatigue, le sommeil, les maux de tête, pendant les heures nocturnes passées en compagnie de César, de Xénophon, de la grammaire, des dictionnaires et des devoirs de mathématiques, lui-même obstiné, tenace, dévoré par le désir de réussir; bien souvent aussi tout près du désespoir. Mais il avait également vécu là des heures plus précieuses à ses yeux que toutes les jouissances enfantines, ces heures pleines de fierté, de griserie, et de volonté de vaincre, quand son rêve, ses aspirations le transportaient au-delà de l'école, de l'examen, dans le cercle magique d'une existence plus haute. C'était là qu'il avait ressenti l'intuition audacieuse et bénie d'être réellement différent, de valoir mieux que ses braves camarades aux bonnes joues rondes, qu'il lui serait permis, quelque jour, de regarder avec condescendance. A présent aussi, il respirait mieux, comme si l'air de cette chambrette était plus libre, plus pur; il s'assit sur son lit et se laissa aller pendant quelques heures à rêvasser, donnant libre cours à sa fantaisie, à ses appétits obscurs. Lentement, ses claires paupières se fermèrent sur ses grands yeux, épuisés par trop de travail; elles s'ouvrirent encore une fois, papillotèrent, se refermèrent; la tête pâle du garçon s'inclina sur l'épaule maigre, les bras minces se détendirent en un geste de fatigue. Il s'était endormi tout habillé; doucement, la main maternelle du sommeil apaisa l'agitation dans ce cœur angoissé d'enfant et effaça les fines rides de son beau front.

C'était inouï! En dépit de l'heure matinale, M. le Recteur s'était rendu en personne à la gare. M. Giebenrath, en redingote noire, ne se tenait plus d'excitation, de joie et d'orgueil; il piétinait nerveusement autour du recteur et de Hans, se faisait souhaiter bon voyage et bonne chance pour l'examen de son fils par le chef de gare et tous les employés, tenait sa raide petite valise tantôt d'une main, tantôt de l'autre. Quant à son parapluie, il le plaça un moment sous son bras, puis le coinça entre ses jambes, le laissa tomber à plusieurs reprises, déposant chaque fois sa valise pour la ramasser. On eût pu croire qu'il s'embarquait pour l'Amérique et non avec un billet d'aller et retour pour Stuttgart. Son fils paraissait très calme, la gorge pourtant serrée par l'anxiété.

Le train arriva, s'arrêta; on y monta. Le recteur

agita la main en signe d'adieu, le père alluma une cigarette ; en bas, la ville et le fleuve s'évanouirent dans la vallée. Le voyage fut pour tous deux un supplice.

Arrivé à Stuttgart, le père se remit soudain à vivre, fut gai, affable, homme du monde ; il était animé de cette fièvre ravie de l'habitant de petite ville venu pour quelques jours dans la capitale. Hans, lui, devenait de plus en plus silencieux, inquiet ; à la vue de la ville, il fut saisi d'un profond sentiment d'oppression : ces visages inconnus, ces maisons pimpantes, d'une hauteur insolente, les grandes distances, si fatigantes, les tramways à chevaux et le bruit des rues l'effarouchaient, lui faisaient mal. On logea chez une tante. Là, l'appartement étranger, l'amabilité et le bavardage de la tante, cette longue attente désœuvrée, sans but, les sempiternels encouragements de son père, finirent par abattre complètement le jeune garçon. Se sentant isolé, perdu, il errait dans les chambres, regardant cet entourage inaccoutumé, la tante, sa toilette de ville, la tenture à grands ramages, la pendule, les tableaux au mur, la rue bruyante à travers la fenêtre ; il avait l'impression d'être trahi ; il lui semblait avoir quitté sa maison depuis une éternité et qu'il avait, entre-temps, oublié complètement ce qu'il avait eu tant de mal à apprendre.

L'après-midi, il avait eu l'intention de revoir les particules grecques ; mais la tante proposa une promenade. Un court instant, Hans eut la vision de vertes prairies, d'arbres doucement agités par la brise : il accepta avec empressement. Il s'aperçut bien vite que les promenades en ville représentaient un tout autre plaisir qu'à la campagne.

Il partit seul avec sa tante, son père ayant des visites à faire. Dès l'escalier, les catastrophes commencèrent. On rencontra sur le premier palier une grosse dame pleine de morgue, à laquelle la tante fit une révérence et qui se mit aussitôt à parler avec éloquence. L'arrêt dura près d'un quart d'heure.

Hans se tenait à l'écart, appuyé contre la rampe de l'escalier, le point de mire des reniflements et des grondements du petit chien de la dame, saisissant vaguement qu'il était question de lui, car l'imposante personne le lorgnait de haut en bas avec son face-à-main. A peine était-on dans la rue que la tante pénétra dans un magasin et mit un certain temps à revenir. Cependant, Hans attendait timidement, debout dans la rue, bousculé par les passants, tourné en dérision par les voyous. Lorsque la tante sortit du magasin, elle lui tendit une tablette de chocolat, ce dont il la remercia poliment, bien qu'il n'aimât guère le chocolat. Au coin de rue le plus proche, on monta en tramway; à grands renforts de sonnerie, la voiture bondée traversa des rues et encore des rues, jusqu'à ce que l'on atteignît une grande allée et des jardins d'agrément. Un jet d'eau dansait, il y avait des massifs de fleurs entourés de clôtures protectrices; des poissons rouges évoluaient dans un petit étang artificiel. On marchait de long en large, de-ci de-là, en cercle, parmi la foule des autres promeneurs; on voyait d'innombrables visages, des vêtements élégants ou d'autres, des bicyclettes, des fauteuils roulants de malades, des voitures d'enfants. On entendait un brouhaha de voix, respirait un air chaud plein de poussière. Pour finir, on prit place sur un banc, à côté d'autres gens. La tante avait parlé presque tout le temps; elle reprit haleine, soupira doucement, regarda affectueusement le jeune garçon et l'engagea à manger son chocolat. Il ne voulait pas.

— Grands dieux! Tu ne vas pas te mettre à faire des manières. Non, mange, va, mange!

Il tira la tablette de sa poche, tripota un instant le papier d'argent et se décida enfin à mordre une bouchée. Il n'aimait pas du tout le chocolat, mais il n'osait pas le dire à sa tante. Cependant qu'il tournait et retournait son morceau de chocolat dans sa bouche, la tante découvrit une connaissance dans la foule et s'élança au-devant d'elle.

— Reste là, je reviens tout de suite!

Avec un soupir de soulagement, Hans saisit l'occasion au cheveu et jeta le chocolat loin de lui dans le gazon. Puis il remua ses jambes en mesure et se trouva malheureux. A la fin, il se remit à réciter les irréguliers, mais, à sa grande terreur, il ne savait presque plus rien. Tout était oublié! Et demain, c'était « l'examen d'État »!

La tante revint; elle venait d'apprendre qu'il y aurait cette année cent dix-huit candidats au concours. Or, on n'en recevait que trente-six. Du coup, le cœur manqua tout à fait au garçon, et il ne prononça plus une parole pendant le retour. A la maison, il eut mal à la tête, ne voulut pas manger; il était si désespéré que son père le tança d'importance, et que la tante alla jusqu'à le trouver insupportable. Pendant la nuit, il dormit lourdement, profondément, en proie à d'affreux cauchemars. Il se voyait à l'examen avec ses cent dix-sept camarades. L'examinateur ressemblait tantôt au pasteur de la ville, tantôt à la tante, et entassait devant lui des montagnes de chocolat qu'il devait consommer. Et pendant qu'il mangeait au milieu des larmes, il vit les autres se lever un à un et disparaître par une petite porte. Ils avaient tous avalé leurs montagnes, alors que la sienne devenait de plus en plus grande sous ses yeux, débordant de la table et semblant vouloir l'étouffer.

Le lendemain matin, cependant que Hans buvait son café au lait, les yeux fixés sur la pendule pour surtout ne pas arriver en retard aux épreuves, on pensait bien à lui dans sa petite ville natale. D'abord le cordonnier Flaig; celui-ci dit la prière matinale avant la soupe, en présence des compagnons et des deux apprentis debout en cercle autour de la table; et le maître ajouta quelques mots à ses oraisons habituelles : « O Seigneur, daigne étendre ta main protectrice sur l'écolier Giebenrath qui se présente aujourd'hui à l'examen. Bénis-le, fortifie-le et fais qu'il devienne quelque jour un ardent messager de La Bonne Nouvelle. »

Le pasteur de la ville, en fait, ne pria pas pour lui, mais dit à sa femme, au petit déjeuner : « Le petit Giebenrath est en train de se rendre à l'examen. Il sortira quelque chose d'extraordinaire de ce garçon : il se fera remarquer ; et, ce jour-là, cela ne me nuira pas de l'avoir aidé par mes leçons de latin ! »

Le professeur de classe, avant de commencer le cours, dit à ses élèves : « Voilà ! En ce moment, à Stuttgart, commence " l'examen d'État ". Ayons une pensée pour Giebenrath, souhaitons-lui bonne chance. Il n'en a, certes, guère besoin : il mettrait bien dix fainéants de votre espèce dans sa poche ! » Et les élèves se mirent presque tous à songer à l'absent, notamment ceux, fort nombreux, qui avaient parié entre eux pour ou contre sa réception.

Comme les vœux cordiaux et la participation sincère sont capables d'agir facilement à de grandes distances, Hans eut soudain le sentiment que l'on pensait à lui dans la petite ville. A dire le vrai, ce fut le cœur battant qu'il se rendit en compagnie de son père à la salle où devaient avoir lieu les épreuves, qu'il obéit, timide, craintif, aux indications du surveillant, et qu'il regarda autour de lui la grande pièce remplie de jeunes garçons blêmes, se faisant un peu l'effet d'un criminel dans la chambre des supplices. Mais lorsque le professeur fut venu et eut dicté le texte latin, Hans, avec un soupir de soulagement, trouva celui-ci ridiculement facile. Rapidement, presque joyeusement, il fit sa traduction, la recopia au propre posément, soigneusement, et fut l'un des premiers à remettre son devoir. Au retour, par exemple, il se perdit en rentrant chez sa tante et erra pendant deux heures dans les rues étouffantes de la ville, sans que cela ébranlât pour autant son équilibre retrouvé. Il était même assez content d'échapper pour quelques instants encore à son père et à sa tante, et se prenait, rôdant ainsi par les rues bruyantes et inconnues de la capitale, pour un téméraire aventurier. Après qu'il eut enfin péniblement retrouvé son chemin en le demandant aux passants et qu'il eut rejoint le domicile de sa tante, on l'accabla de questions :

— Comment cela s'est-il passé? Comment était-ce? As-tu su ce que l'on te demandait?

— C'était très facile, répondit-il tout fier. J'aurais déjà été capable de le traduire en cinquième.

Et il mangea de bon appétit.

L'après-midi, il était libre. Le père le traîna chez quelques parents et amis. Chez l'un de ceux-ci, ils trouvèrent un garçon timide, vêtu de noir, venu de Göppingen, également pour subir les épreuves de l'examen. On abandonna les adolescents à eux-mêmes; ils se regardèrent mutuellement en dessous avec curiosité.

— Qu'as-tu pensé du devoir de latin? Facile, n'est-ce pas? demanda Hans.

— Tout ce qu'il y a de plus facile. Mais c'est précisément là le hic : c'est dans les devoirs faciles qu'il se glisse le plus de bourdes. On ne fait pas attention. Et il y avait sûrement des pièges cachés!

— Crois-tu?

— Naturellement! Ces messieurs ne sont pas si bêtes!

Hans eut un peu peur et devint songeur. Puis il demanda en hésitant :

— As-tu encore le texte?

L'autre apporta son cahier, et les deux garçons reprirent ensemble tout le devoir, mot à mot. L'habitant de Göppingen devait être un fin latiniste; du moins, il se servit par deux fois d'expressions grammaticales dont Hans n'avait jamais entendu parler.

— Et qu'aurons-nous demain?

— Le grec et la dissertation.

Puis le Göppingien voulut savoir combien de candidats provenaient de l'école de Hans.

— Moi, c'est tout, dit celui-ci.

— Ah! là là! Nous, de Göppingen, nous sommes douze. Parmi nous, il y en a trois de très forts, desquels on est en droit d'attendre qu'ils soient reçus les premiers. L'année dernière, c'était aussi un de Göppingen qui était major. Iras-tu au lycée, si tu es recalé?

Il n'avait jamais été question de cela.

— Je ne sais pas... Non, je ne crois pas.

— Ah? Moi, en tout cas, je ferai mes études, même si je suis refusé. Ma mère m'enverrait alors à Ulm.

Cela en imposa énormément à Hans. Il y avait aussi les douze Göppingiens avec les trois « très forts » qui lui faisaient un peu peur. Il ne pourrait plus jamais se montrer...

A la maison, il se mit à repasser encore les verbes en « mi ». Le latin ne lui avait causé aucune appréhension. Il s'y sentait très à l'aise. Mais pour le grec, c'était tout à fait bizarre. Il l'aimait bien, il était même passionné de grec, mais seulement par la lecture. Notamment, Xénophon était rédigé dans une si belle langue, pleine de vie, de fraîcheur, tout y avait une résonance si joyeuse, si jolie, si forte, d'un caractère si dégagé, si libre. Puis, tout y était facile à comprendre. Mais, dès qu'il s'attaquait à la grammaire, ou qu'il lui fallait traduire de l'allemand en grec, il se débattait dans un labyrinthe de règles, de formes contradictoires et ressentait devant cette langue étrangère presque le même effroi qu'au temps de ses premières leçons, lorsqu'il ne savait pas encore lire l'alphabet grec.

Le lendemain, en effet, ce fut le tour du grec et, ensuite, de la dissertation. Le devoir de grec était assez long et pas du tout facile; le sujet de la dissertation était épineux et pouvait prêter à de fausses interprétations. A partir de dix heures du matin, il faisait chaud et lourd dans la salle. Hans n'avait pas une bonne plume et gâcha deux cahiers de papier avant d'en avoir fini avec la copie au propre de son grec. Pour la dissertation, il se trouva dans les plus grands ennuis à cause d'un garçon assis à côté de lui, qui, plein d'impudence, lui glissa une feuille de papier avec une question et ne cessa de lui donner des coups de coude pour obtenir une réponse. Toute communication avec les voisins de table était strictement interdite et entraînait impitoyablement l'exclusion de l'examen. Tremblant d'effroi, il finit par écrire sur la feuille : « Laisse-moi tranquille », et tourna le dos à son questionneur. Il faisait très chaud, aussi. Le surveillant lui-même, parcourant la salle avec une persévérante régularité, passa plusieurs fois son mouchoir sur sa figure. Hans transpirait dans son épais costume de confirmation; il sentit une migraine l'envahir et remit ses copies, tout malheureux, avec le sentiment qu'elles étaient bourrées de fautes et que, pour lui, c'en était fait de l'examen.

À table, il ne dit pas un mot, se contentant de hausser les épaules à toutes les demandes, en arborant une figure de délinquant. La tante le consolait, mais le père s'énerva et devint désagréable. Après le repas, il emmena le jeune garçon dans la chambre voisine et chercha à l'interroger :

— Cela a mal marché, dit Hans.

— Pourquoi n'as-tu pas fait attention? On peut bien prendre sur soi, que diable!

Hans se tut, et quand le père se mit à gronder, il devint très rouge et dit :

— Tu ne connais rien au grec!

Le pis, c'est qu'à deux heures il devait passer l'oral. C'était ce qu'il redoutait le plus. En route, dans les rues brûlantes de la ville, il se sentit pris d'un malaise; tout étourdi, il voyait à peine clair, tant il était tourmenté et avait le trac.

Pendant dix longues minutes, il fut assis à une grande table verte, en face de trois messieurs, traduisit quelques phrases latines et répondit aux questions qu'on lui posait. Puis, il fut dix autres minutes devant trois autres messieurs : cette fois, il s'agissait du grec, et on lui demanda toutes sortes de choses. Pour finir, on voulut savoir s'il pourrait citer un aoriste irrégulièrement formé, mais il resta coi.

— Vous pouvez disposer. Là, la porte à droite...

Il se leva, mais à la porte, l'aoriste lui revint en mémoire. Il s'arrêta.

— Allez! lui dit-on. Allez donc! Ou seriez-vous souffrant?

— Non, mais je viens de me rappeler l'aoriste.

Il le cria à travers la salle, vit l'un des messieurs rire et sortit précipitamment, la tête en feu. Puis, il essaya de se remémorer les questions et les réponses, mais il embrouillait tout. Il revoyait sans cesse la grande étendue verte de la table, les trois vieux messieurs en redingote, le livre ouvert et, posée dessus, sa main tremblante. Grands dieux! Quelles réponses avait-il bien pu donner?

Pendant qu'il marchait le long des rues, il lui sembla soudain être là depuis des semaines, qu'il ne pourrait jamais plus s'en aller. L'image de la maison paternelle, des montagnes bleues couvertes de sapins, des coins du fleuve où il allait pêcher lui paraissait quelque chose de très lointain, vu une fois, il y avait bien longtemps. Oh! si seulement il pouvait entrer aujourd'hui même chez lui! Il n'y avait plus aucune raison de rester ici : de toute façon, l'examen était raté!

Il s'acheta un petit pain au lait et, tout au long de l'après-midi, erra par les rues pour éviter, surtout, surtout, de subir les discours de son père. Lorsque, enfin, il rentra, on avait été inquiet de lui; et comme il avait l'air épuisé, malade, on lui servit une soupe avec un jaune d'œuf et on l'envoya au lit. Demain, il serait interrogé en calcul et en religion; après quoi, il pourrait repartir.

Le lendemain matin, tout alla fort bien. Hans ressentit comme une amère ironie qu'aujourd'hui tout se passât si bien, alors qu'hier il avait eu tant de malchance dans les disciplines principales. Peu importait : maintenant, vite à la maison.

— L'examen est fini, nous pouvons rentrer chez nous! annonça-t-il à sa tante.

Mais son père voulait rester encore ce jour-là à la ville. On avait fait le projet d'aller à Cannstatt pour y boire le café au Kurgarten. Mais Hans supplia si instamment que le père lui permit de partir seul tout de suite. On l'amena au train, on lui remit son billet; il reçut de sa tante un baiser et quelque chose à manger et, bientôt, il roula en direction de son village natal, à travers le vert paysage de collines, à bout de force, la tête vide. Ce n'est que lorsque se dressèrent devant lui les montagnes bleu-noir couvertes de sapins qu'une sensation de bonheur et de délivrance envahit le garçon. Il se réjouissait de revoir la vieille bonne, sa chambrette, le recteur, la salle d'école familière au plafond bas, tout, enfin.

Par chance, il n'y avait à la gare aucune connaissance curieuse, et il put regagner la maison avec son petit paquet sans se faire remarquer.

— Était-ce beau, à Stuttgart ? demanda la vieille Anna.

— Beau ? T'imagines-tu par hasard qu'un examen soit beau ? Je suis bien content d'être de retour. Mon père ne rentre que demain.

Il but une jatte de lait frais, décrocha son caleçon de bain pendu devant la fenêtre et s'enfuit, mais pas vers la prairie où se baignaient tous les autres.

Il s'en alla au-delà de l'entrée de la ville, à la « Balance », où le fleuve était profond et coulait lentement entre deux hautes futaies. Là, il se déshabilla, plongea la main, puis le pied dans l'eau froide pour la tâter, frissonna un peu, puis sauta dans la rivière d'un seul coup. En nageant contre le faible courant, il se sentit peu à peu lavé des sueurs et des angoisses des derniers jours ; et cependant qu'il abandonnait son corps fluet aux embrassements de l'eau limpide, son âme reprit possession de sa belle patrie avec une délectation nouvelle. Il nagea plus vite, se reposa, se remit à nager, se sentant pénétré d'une fraîcheur et d'une fatigue bienfaisantes. Étendu sur le dos, il se laissa emporter par le courant en aval, prêtant l'oreille au bourdonnement léger des mouches vespérales voletant en cercles dorés, regardant le ciel du soir, que rayaient les petites hirondelles rapides et qu'embrasait d'un éclat rose le soleil déjà disparu derrière les montagnes. Quand il se fut vêtu et qu'il flâna rêveusement vers la maison, la vallée était pleine d'ombre.

Il passa près du jardin du commerçant Sackmann, où, tout enfant, il avait un jour volé quelques prunes pas mûres. Et près de la charpenterie Kirchner, où s'amassaient les solives de sapin blanc, sous lesquelles il trouvait autrefois les vers de terre pour la pêche. Il passa aussi près de la maisonnette de l'inspecteur Gessler, dont il aurait courtisé avec tant de plaisir la fille Emma sur la glace, deux ans auparavant. Elle était à cette époque la plus mignonne et la plus élégante écolière de la ville, et il n'avait alors rien souhaité avec plus de ferveur que de lui adresser une fois la parole et de lui donner la main. Il ne s'y était jamais décidé : il était trop timide. Depuis, elle avait été envoyée en pension, et il ne savait plus guère comment elle était. Quoi qu'il en fût, ces souvenirs de garçonnet lui revenaient maintenant, très lointains; ils avaient des couleurs plus vives, une sorte de flagrance plus rare, plus lourde de sens que tout ce qu'il avait vécu depuis. C'était encore le temps où on allait à la veillée chez la Lise des Naschold, sur la route de la Porte de Ville, peler les pommes de terre et écouter des histoires; où, le dimanche matin de très bonne heure, les culottes retroussées bien haut, la conscience pas très nette, on allait aux écrevisses près de la digue d'en bas ou à la pêche des truites dorées, pour, un peu plus tard, en vêtements du dimanche trempés, recevoir du père une maîtresse fessée! Il y avait alors tant de choses et de gens mystérieux ou étranges, auxquels il n'avait plus songé depuis bien longtemps. Ce Schumacher, au cou tordu; ce Strohmeyer, duquel on savait avec certitude qu'il avait empoisonné sa femme; et le prestigieux « Monsieur » Beck, qui parcourait toute la région avec son bâton et sa besace et à qui l'on disait « Monsieur » parce qu'il avait été autrefois un homme riche, possédant quatre chevaux et un équipage. Hans ne savait plus que leurs noms et sentait vaguement que ce petit monde obscur des rues était perdu pour lui, sans que quelque chose de vivant, de précieux, fût venu le remplacer.

Comme il avait encore vacances le lendemain, il dormit tard dans la matinée et jouit de sa liberté. A midi, il alla chercher son père; celui-ci débordait encore des délices de Stuttgart.

— Si tu es reçu, je t'autorise à me demander quelque chose, dit-il avec bonne humeur. Penses-y.

— Non, non! soupira le garçon. Je suis sûrement recalé!

— Quelle bêtise me sors-tu là? Tu ferais mieux de me demander quelque chose avant que je ne me repente de ma promesse!

— Je voudrais bien pêcher à la ligne pendant les vacances. Me le permets-tu?

— D'accord! Je te le permets si tu es reçu au concours!

Le jour suivant, un dimanche, il y eut un orage et une pluie torrentielle. Hans passa des heures dans sa chambre à lire et à réfléchir. Il repensa en détail à ses efforts de Stuttgart et en revint toujours à cette idée qu'il avait eu une malchance inouïe et qu'il aurait dû faire beaucoup mieux. Il ne lui fallait en aucun cas compter être reçu. Ce stupide mal de tête! Peu à peu, une épouvante croissante s'empara de lui; finalement, son angoisse le conduisit chez son père.

— Dis donc, papa...

— Que veux-tu?

— Te demander quelque chose. A propos du souhait que je peux faire. J'aime mieux ne pas pêcher.

— Tiens! Pourquoi donc?

— Parce que... Ah! je voulais te demander si...

— Allons, parle... Quelle comédie! Alors quoi?...

— ... Si je pourrais aller au lycée, au cas où je serais recalé.

M. Giebenrath resta sans voix...

— Quoi? Le lycée? s'écria-t-il enfin. Toi, au lycée? Qui t'a fourré cette idée dans la tête?

— Personne, je demande seulement comme ça...

Sur son visage se lisait une peur panique. Son père ne la vit pas.

— Va, va... dit-il avec un rire forcé. Tout cela, c'est de la surexcitation. Au lycée!... Tu me prends peut-être pour un « Commerzienrat ».

Il faisait de tels signes de dénégation que Hans renonça à s'expliquer davantage et se retira désespéré.

— Quel garçon! grommelait-on derrière lui. Eh bien, ça, alors! Le voilà qui veut aller au lycée... A la tienne! Là, tu te mets le doigt dans l'œil!...

Pendant une demi-heure, Hans resta assis sur la tablette de la fenêtre, fixant, les sourcils froncés, le parquet bien ciré du vestibule et essayant de se représenter ce qui arriverait si ces histoires de séminaire, de lycée et d'études n'aboutissaient pas. On l'enverrait comme apprenti dans un magasin ou dans un bureau; et, sa vie durant, il serait l'un de ces vulgaires péquenots qu'il méprisait, au-dessus desquels il voulait à tout prix s'élever. Sa jolie figure intelligente d'écolier se déforma en une grimace de colère et de chagrin; furieux, il sauta à bas de la fenêtre, cracha, s'empara de la Chrestomathie Latine qui se trouvait là et la lança à toute volée contre le mur. Puis il s'élança dehors sous la pluie.

Le lundi matin, il retourna à l'école.

— Comment vas-tu? demanda le recteur, et il lui tendit la main. Je pensais te voir hier. Comment s'est passé l'examen?

Hans baissa la tête.

— Eh bien, qu'y a-t-il? Cela a mal marché?

— Je crois que oui...

— Patience, patience! dit le vieux monsieur, consolant. C'est probablement ce matin que me parviendra le rapport de Stuttgart.

La matinée fut terriblement longue. Le rapport n'arriva pas, et, à déjeuner, Hans, la gorge serrée par les sanglots qu'il retenait à grand-peine, ne put presque pas avaler.

L'après-midi, quand il arriva en classe, le professeur était déjà là.

— Hans Giebenrath! appela-t-il d'une voix forte.

Hans s'avança. Le professeur lui tendit la main.

— Je vous félicite, Giebenrath. Vous avez été reçu second à l'« examen d'État ».

Un silence solennel s'établit. La porte s'ouvrit et le recteur entra.

— Je te félicite. Qu'en dis-tu?

Le garçon était complètement paralysé par la surprise et la joie.

— Eh bien, tu ne dis rien?

— Si j'avais su, laissa-t-il échapper enfin, j'aurais aussi bien pu être reçu premier!

— Rentre chez toi, dit le recteur. Et dis-le à ton père. Tu n'as plus besoin de venir à l'école. De toute façon, les vacances commencent dans huit jours.

Tout étourdi, le garçon gagna la rue, vit les grands tilleuls qui se dressaient et la place du Marché qui s'étalait au soleil; tout était comme d'habitude; mais tout était plus beau, plus chargé de sens, plus joyeux. Il était reçu! Et il était second! Une fois la première vague de joie passée, il se sentit rempli d'un chaud sentiment de reconnaissance. Il n'aurait plus besoin d'éviter le pasteur de la ville. Il pourrait faire ses études. Il n'avait plus besoin de redouter la boutique ou le bureau.

Et il allait pouvoir pêcher à la ligne. Son père était précisément sur le seuil lorsqu'il arriva chez lui.

— Que se passe-t-il? demanda-t-il avec insouciance.

— Pas grand-chose! On m'a renvoyé de l'école.

— Quoi? Pourquoi donc?

— Parce que, maintenant, je suis séminariste!

— Quoi? Comment? Sapristi... Tu es donc reçu?

Hans inclina affirmativement la tête.

— Bien?

— Je suis reçu second.

Cela, le « vieux », ne l'avait pas escompté. Il ne savait que dire, ne cessait de donner à son fils des tapes sur l'épaule, riait, hochait la tête. Puis il ouvrit la bouche pour dire quelque chose. Mais il n'en fit rien et se contenta de recommencer à hocher la tête.

— Tonnerre! finit-il par s'écrier. Puis encore une fois : « Tonnerre! »

Hans s'élança dans la maison, grimpa les escaliers, se précipita au grenier, ouvrit un placard dans la mansarde vide, fouilla dans tous les coins, en tira toutes sortes de boîtes, de pelotons de fils, de bouchons. C'était son matériel de pêche. Il fallait maintenant, avant toute chose, qu'il allât se couper une belle canne. Il descendit auprès de son père.

— Papa, prête-moi ton couteau de poche!

— Pour quoi faire?

— Je veux me couper une canne à pêche.

Le père mit la main à sa poche.

— Tiens! dit-il, rayonnant et magnanime. Voilà deux marks, va t'acheter ton propre couteau. Mais ne va pas chez Hanfried; va plutôt à la coutellerie.

Cela se fit au galop. Le coutelier s'enquit de l'examen, apprit la bonne nouvelle et donna un couteau spécialement beau. En aval, un peu après le Pont Bruhel, il y avait de belles touffes d'aulnes et de noisetiers; là, après un choix long et sagace, il coupa une canne sans défaut, solide, souple, et se hâta de rentrer à la maison.

Le visage rougi, les yeux brillants, il se mit joyeusement à l'ouvrage pour préparer son équipement de pêche, ce qu'il aimait presque autant que la pêche elle-même. Il y passa toute l'après-midi et la soirée. Les lignes blanches, marron, vertes furent séparées, assorties, soigneusement examinées, raccommodées, démêlées. Des bouchons et des tuyaux de plume de toutes les tailles et de toutes les formes furent essayés et recoupés; des morceaux de plomb de grosseurs diverses furent martelés en petites balles et munis d'entailles, pour donner du poids aux lignes. Puis ce fut le tour des hameçons, dont il restait encore une petite réserve. Ils furent attachés qui à du fil à coudre noir quadruplé, qui à un reste de corde de boyaux, qui à du crin de cheval tortillé. Vers le soir, tout était terminé. Hans était sûr de ne pas s'ennuyer tout au long des sept semaines de vacances : avec une canne à pêche, il pouvait passer des journées entières seul au bord de l'eau...

C'EST ainsi que doivent être les grandes vacances! Au-dessus des montagnes, un ciel d'un bleu de gentiane. Pendant des semaines, une succession de journées chaudes et rayonnantes, avec, de temps en temps, un orage violent et bref. Le fleuve, bien que son chemin passât par tant de falaises de grès, d'ombrages de sapins, de vallées resserrées, était si tiédi que l'on pouvait s'y baigner jusque tard dans la soirée. Autour de la petite ville, régnait une odeur de foin et de bardane; les bandes étroites des champs de céréales devenaient jaunes puis d'un or bruni. Le long des ruisseaux croissaient à hauteur d'homme ces grandes plantes luxuriantes de la famille des ciguës s'épanouissant en blanches ombelles, toujours couvertes de minuscules coléoptères, dans les tiges creuses desquelles on peut tailler des sifflets ou des flûtes. A la lisière des forêts s'étalaient avec faste de longues rangées majestueuses de cierges de notre-dame aux feuilles laineuses et aux fleurs jaunes; les salicaires et les églantiers se balançaient doucement sur leurs tiges minces et solides, colorant des versants entiers de pourpre violette. Dans la forêt, sous les sapins, se dressait, hiératique, sévère, étrange, l'altière digitale rouge, avec ses larges feuilles de velours argenté, sa forte hampe et ses beaux calices cramoisis disposés en pyramide étagée. Il y avait aussi les diverses espèces de champignons : la fausse orongé, à l'incarnat lumineux; le bolet brun, large et rebondi; l'aventureuse volvaire, la russule corail ramifiée et l'«asperge des sapins», bizarrement incolore, à l'enflure maladive. Sur les talus entre prés et forêts, flambait le genêt ligneux, puis venaient les longues étendues de bruyère amarante et, enfin, les prés eux-mêmes, la plupart mûrs pour la seconde fauchaison, envahis par les cardamines, les lychnides, la sauge, les scabieuses, et formant un tapis multicolore. Les pinsons chantaient gaiement dans les frondaisons des arbres à feuilles caduques, cependant que dans les bosquets de sapins les écureuils roux s'ébattaient parmi les cimes; sur les bornes, aux murs, dans les fossés asséchés, des lézards verts, immobiles, châtoyaient, la gorge palpitante, saturés de chaleur, cependant qu'au-dessus des prairies résonnait le craquètement strident, crépitant, infatigable des cigales.

A cette époque, la ville devenait très paysanne : les charrettes de foin, l'odeur du regain, les bruits des faux qu'on aiguise emplissaient les rues et l'air : sans les deux fabriques, l'on se serait cru dans un village.

Le premier jour des vacances, de très bonne heure, Hans était dans la cuisine, attendant son café avec impatience, alors que la vieille Anna venait à peine de se lever. Il l'aida à faire le feu, chercha le pain dans la huche, avala rapidement son café tiédi par le lait frais, fourra dans sa musette une tartine et s'enfuit. Il s'arrêta près du talus dominant la voie du chemin de fer, sortit de la poche de son pantalon une boîte ronde en fer-blanc et se mit avec ardeur à capturer des sauterelles. Le train vint à passer — pas à toute vitesse, car, en cet endroit, la voie montait une rampe abrupte, mais bien confortablement, avec quantité de fenêtres ouvertes et peu de passagers, faisant flotter derrière lui une longue et joyeuse banderole de fumée et de vapeur. Hans le regarda passer et suivit des yeux les volutes blanchâtres s'enroulant sur elles-mêmes pour se perdre bientôt dans l'atmosphère claire et ensoleillée. Que de temps s'était écoulé depuis qu'il n'avait vu toutes ces choses! Il respira bien à fond, comme s'il voulait à présent rattraper doublement le beau temps perdu et redevenir sans honte un petit garçon plein d'insouciance.

Le cœur lui battait de joie secrète et du plaisir de la chasse, lorsqu'il traversa le pont avec sa boîte de sauterelles, sa nouvelle canne à pêche, et passa derrière les jardins jusqu'au Gaulsgumpen, là où le fleuve était le plus profond. Il connaissait là un coin duquel, appuyé à un tronc de saule, l'on pouvait pêcher plus commodément, plus tranquillement que n'importe où ailleurs. Il déroula sa ligne, y assujettit un grain de plomb, embrocha sans pitié une belle sauterelle bien grasse sur l'hameçon et, d'un geste large, lança sa ligne jusqu'au milieu du courant.

Et le vieux jeu bien connu commença. Les petits poissons s'amassèrent en troupes autour de l'appât, s'efforçant de l'arracher de l'hameçon. Il fut dévoré en un clin d'œil; une seconde sauterelle eut son tour, puis une autre, et une quatrième, une cinquième... Il les attachait de plus en plus soigneusement à l'hameçon; de guerre lasse, il alourdit sa ligne d'un nouveau petit plomb, et le premier poisson convenable vint enfin s'attaquer à l'appât. Il le grignota, le laissa aller, goûta encore une fois... Puis il « mordit » — cela, un bon pêcheur le sent à travers ligne, canne à pêche et doigts! Hans donna une secousse préliminaire, puis se mit à « tirer » avec mille précautions. Le poisson semblait bien ferré, et comme il apparaissait, Hans vit que c'était un gardon, que l'on reconnaît d'emblée à son ventre large, d'un blanc jaunâtre, luisant, à leur tête triangulaire et notamment à la naissance des nageoires abdominales d'un beau rouge sang. Combien pouvait-il peser? Mais avant qu'il ne pût l'évaluer, le poisson donna un coup de queue désespéré, se tortilla, plein d'effroi, au-dessus de l'eau et s'échappa. On le vit encore se tourner et se retourner deux ou trois fois dans la rivière et disparaître ensuite comme un éclair argenté dans les profondeurs. Il avait « mal mordu ».

Mais l'excitation et l'attention passionnée de la chasse s'éveillaient maintenant chez notre pêcheur. Son regard, acéré, fixe, était comme accroché à la fine ligne marron, là où elle plongeait dans l'eau ; ses joues étaient rougies, ses gestes précis, rapides, sûrs. Un deuxième gardon mordit et fut retiré, puis un carpillon, ce qui était presque dommage ; puis, l'un après l'autre, trois goujons. Il se réjouit particulièrement des goujons, car le père les mangeait avec plaisir. Ils ont une panse rebondie, couverte de petites écailles, une grosse tête avec de drôles de barbichettes blanches, de petits yeux et une partie postérieure élancée. Ils sont d'un vert brun avec des reflets bleu d'acier quand le poisson est amené à terre.

Entre-temps, le soleil était monté à l'horizon ; l'écume, au barrage d'en haut, brillait d'un éclat neigeux, l'air chaud vibrait au-dessus de l'eau, et, lorsqu'on levait les yeux, on voyait, surmontant le Muckberg, quelques nuages d'un blanc éblouissant, grands comme la main, immobiles, voguant à mi-hauteur dans l'azur et si gorgés de lumière que l'on ne pouvait les fixer longtemps. Sans eux, on ne s'apercevrait souvent pas combien il fait chaud, pas plus au ciel bleu, qu'au scintillement de la surface du fleuve ; mais dès que l'on voit ces quelques navigateurs de midi roulés en boules d'une blancheur d'écume, l'on ressent soudain la brûlure du soleil, recherche l'ombre et passe la main sur un front moite.

Petit à petit, Hans surveillait moins son bouchon. Il était un peu fatigué, et, de toute façon, vers midi, on ne prend presque plus rien. Les poissons de rivière, même les plus gros et les plus vieux, remontent à ce moment des profondeurs pour se mettre au soleil. Ils nagent rêveusement à contre-courant en files sombres, presque à fleur d'eau, s'effrayant par instants sans raison apparente et, à cette heure, n'approchent d'aucune ligne.

Il laissa pendre son fil dans l'eau par-dessus une branche de saule, s'assit par terre et regarda la nappe verte. Tout doucement, les poissons sortaient des fonds, un dos foncé après l'autre surgissant à la surface — des files paisibles, nageant lentement, attirées, charmées par la chaleur. Ils en prenaient à leur aise dans l'eau chaude, ceux-là! Hans se déchaussa et plongea ses pieds dans l'onde, toute tiède sur le haut. Il contemplait les poissons qu'il avait pris, lesquels s'agitaient dans un grand arrosoir, clapotant faiblement de temps à autre. Comme ils étaient beaux! Le blanc, le brun, le vert, l'argent, l'or mat, le bleu, d'autres couleurs encore luisaient à chaque mouvement sur les écailles et les nageoires.

Il régnait un grand calme. C'est à peine si l'on entendait le bruit des voitures passant sur le pont; le tic tac du moulin, aussi, n'était que très vaguement perceptible. Seul, le ruissellement doux et ininterrompu de la chute d'eau écumante résonnait, paisible, frais, berceur, et autour des bois de flottage s'élevait le murmure léger du remous produit par le courant.

Grec et latin, grammaire et stylistique, calcul et récitation, tout le tourment torturant d'une longue année sans repos, exténuante, se dissolvait silencieusement dans cette heure chaude, pleine de torpeur. Hans avait un léger mal de tête, mais moins fort que d'habitude; et puis, il lui était permis à présent de s'asseoir au bord de l'eau, de regarder s'iriser la poussière d'écume du barrage, de jeter un coup d'œil à sa ligne; près de lui dans l'arrosoir, ses prises évoluaient. C'était si délicieux! Tout à coup, il se souvint qu'il avait victorieusement subi les épreuves du concours, qu'il en était sorti second : ses pieds nus se mirent à battre l'eau, il fourra les mains dans les poches de son pantalon et commença à siffler un air. En fait, il ne savait pas vraiment siffler, c'était même là un de ses vieux soucis qui lui avait déjà valu mille railleries de la part de ses camarades. Il ne réussissait à siffler qu'entre ses dents et très faiblement; mais pour ce qu'il en faisait, c'était suffisant; de toute façon, en ce moment, personne ne pouvait l'entendre. Les autres étaient à l'école, en classe de géographie. Lui seul était libre, dispensé d'y assister. Il les avait dépassés, ils étaient maintenant au-dessous de lui. Ils l'avaient assez harcelé parce qu'il n'avait pas d'ami en dehors d'Auguste et qu'il n'avait jamais pris part de bon cœur à leurs jeux et à leurs batailles. Bon! Eh bien, maintenant, ils pouvaient le regarder, les chiens, les idiots. Il les méprisait tellement qu'il s'en arrêta un instant de siffler pour tordre sa bouche en une grimace dédaigneuse. Puis il enroula sa ligne et se mit à rire, car il n'y avait plus une miette de l'appât après l'hameçon. Les sauterelles restées dans la boîte furent remises en liberté et se faufilèrent, étourdies, sans grand enthousiasme, dans l'herbe courte. A côté, à la tannerie, on faisait la pause de midi. Il était temps de rentrer déjeuner.

A table, on ne parla guère.

— As-tu pris quelque chose? demanda le père.

— Cinq pièces.

— Tiens, tiens! Eh bien, fais attention à ne pas pêcher les vieux, sans cela, il n'y aurait plus de jeunes!...

L'entretien n'alla pas plus loin. Il faisait chaud! Et c'était si dommage de ne pas pouvoir se baigner tout de suite après le repas! Pourquoi, au fait? C'était mauvais! Mauvais, vraiment? Hans savait à quoi s'en tenir : malgré la défense, il était allé bien souvent se baigner après le repas. Mais plus maintenant : il était trop grand pour de tels enfantillages. Grands dieux! Au concours, on lui avait dit « vous » en lui adressant la parole.

Tout compte fait, ce n'était pas du tout désagréable de passer une heure au jardin, étendu sous l'épicéa. On y avait autant d'ombre que l'on voulait, on pouvait lire ou observer les papillons. Il resta donc ainsi jusqu'à deux heures, et il s'en fallut de peu qu'il ne s'endormît. A présent, par exemple, à la rivière! Il n'y avait que quelques petits gamins à la prairie des bains; les plus grands étaient tous à l'école, et Hans n'en était pas jaloux, bien au contraire. Il se déshabilla à loisir et entra dans l'eau. Il connaissait à fond l'art de jouir alternativement de la chaleur et de la fraîcheur; tantôt, il nageotait, plongeait, barbotait; tantôt, il restait sur la berge, étendu sur le ventre, et sentait le soleil briller sur sa peau, qui séchait rapidement. Les garçonnets rôdaient autour de lui, pleins de respect. Eh oui! Il était devenu une célébrité! Et il avait en effet l'air différent des autres. Sa tête fine, au visage spiritualisé, aux yeux réfléchis, reposait, libre, élégante, sur son cou frêle et hâlé. Pour le reste, il était très maigre, avec des membres grêles; sur la poitrine, dans le dos, on pouvait compter ses côtes, et ses mollets étaient pour ainsi dire absents.

Presque toute l'après-midi, il traîna là, entre le soleil et l'eau. Après quatre heures, la plupart de ses camarades de classe arrivèrent au galop, bruyants et pressés.

— Holà! Giebenrath! Tu ne t'en fais pas!

Il s'étira longuement.

— Ça va, oui...

Il se laissa envier. Il resta même complètement impassible lorsqu'un peu plus loin, derrière, des railleries se firent entendre et que quelqu'un se mit à chanter un refrain moqueur sur «ceux qui ne s'en faisaient pas»!

Il se borna à rire. Cependant, les garçons se déshabillaient. L'un d'eux sauta dans l'eau tout à trac; d'autres entraient avec plus de précautions; beaucoup se couchèrent d'abord un moment dans l'herbe. On admira un bon plongeur. Un froussard fut poussé à la mare par-derrière et hurla au meurtre. On se poursuivait, on courait, on nageait, on aspergeait les baigneurs secs restés sur le bord. Les éclaboussements et les cris étaient grands, et le fleuve étincelait dans toute sa largeur de corps clairs, mouillés, polis.

Hans partit au bout d'une heure. Car on en était aux heures chaudes du soir, où le poisson se remettait à mordre. Jusqu'au dîner, il pêcha du pont et ne prit à peu près rien. Les poissons s'approchaient avidement de la ligne; à chaque instant, l'appât était dévoré, mais aucun ne « mordit » vraiment. Il avait des cerises à son hameçon. Sans doute, étaient-elles trop grosses et trop molles. Il résolut de faire un autre essai plus tard.

Au dîner, il apprit qu'une quantité de connaissances étaient venues apporter des félicitations. Et on lui montra la feuille hebdomadaire du jour. Dans la rubrique « administration », il y avait un entrefilet :

« Notre ville n'a envoyé cette fois au concours d'entrée au petit séminaire théologique qu'un seul candidat, Hans Giebenrath. Nous apprenons, à l'instant, avec plaisir que ce dernier a été reçu second. »

Il plia le journal, le mit dans sa poche et ne dit mot; mais il était gonflé à éclater d'orgueil et de joie. Il retourna ensuite à ses poissons. Cette fois, il choisit comme appât un morceau de fromage : les poissons l'aiment beaucoup et le distinguent bien dans l'ombre crépusculaire.

Il laissa là sa canne et n'emporta qu'une ligne des plus simples. C'était ainsi qu'il pêchait avec le plus de plaisir : tenir le fil directement dans la main, sans canne ou bouchon, en sorte que la ligne tout entière ne se composait que du fil et de l'hameçon. C'était un peu plus pénible, mais beaucoup plus amusant. Ce faisant, on contrôlait le moindre mouvement de l'appât, sentait chaque essai, chaque morsure, et l'on pouvait, selon les sursauts de la ligne, observer les poissons comme si on les voyait devant soi. Certes, cette façon de pêcher a besoin d'être bien comprise, il y faut des doigts habiles et guetter comme un espion.

Dans l'étroite vallée du fleuve, profondément encaissée et sinueuse, le crépuscule venait tôt. L'eau était noire et calme sous le pont; au moulin d'en bas, il y avait déjà des lumières. Des bavardages et des chants flottaient au-dessus des ponts et dans les rues; l'air était lourd, et l'on voyait à tout moment, des berges et des ponts, des poissons jaillir hors de la rivière. Pendant ces soirées, ils sont étrangement excités, foncent en zigzag de-ci de-là, sautent, se cognent contre la ligne, se précipitent aveuglément sur l'appât. Lorsque Hans eut utilisé son dernier morceau de fromage, il avait retiré de l'eau quatre jolies carpes : il voulait les porter le lendemain au pasteur de la ville.

Un vent chaud descendait le vallon, l'obscurité tombait vite, mais l'horizon était encore lumineux. De la masse sombre de la petite ville se détachaient en noir sur le ciel clair le clocher de l'église et le toit du château. Il devait y avoir un orage à une grande distance : on entendait par instants les grondements sourds et lointains du tonnerre.

Quand Hans se fut mis au lit à dix heures, il sentit sa tête et ses membres en proie à une fatigue délicieuse, à une torpeur agréable, ce qui ne lui était plus arrivé depuis bien longtemps. Il avait en perspective une longue série de belles journées d'été libres : des journées à gaspiller en flâneries, en bains, en pêche, en rêves. Il n'y avait qu'une seule ombre au tableau : il n'avait pas été reçu premier!

De bonne heure le lendemain matin, Hans se trouvait dans le vestibule du presbytère pour remettre ses poissons. Le pasteur de la ville sortit de son cabinet de travail.

— Ah! Hans Giebenrath! Bonjour! Je te félicite; je te félicite de tout cœur. Et qu'as-tu là?

— Rien! Des poissons. Je les ai pêchés hier.

— Eh donc! Voyez-moi cela! Merci beaucoup. Mais entre...

Hans pénétra dans le cabinet de travail, qu'il connaissait bien. En fait, cette pièce ne ressemblait nullement au bureau d'un pasteur. Cela ne sentait ni les fleurs en pots ni le tabac. La remarquable collection de livres n'était presque composée que d'un bon nombre d'ouvrages neufs, aux dos vernis et dorés, contrairement aux volumes abîmés, cornés, éraflés, rongés aux vers, tout tachés que l'on trouve habituellement dans les bibliothèques des pasteurs. Qui y regardait de plus près constatait, en lisant les titres des livres rangés en bon ordre, l'apparition d'un esprit nouveau, différent de celui, très démodé, en honneur chez les dignes messieurs de la génération précédente. Les tomes vénérables, ornements des librairies religieuses, les Bengel, Otinger, Sternhofer, ainsi que les pieux chanteurs d'hymnes, si bien décrits par Môrike dans son « Turmhahn » (Le coq du clocher), manquaient ici complètement, ou disparaissaient dans la masse des œuvres modernes. Tout, en général, y compris les cartons contenant des revues, le pupitre à écrire debout, la grande table bureau couverte de papiers, tout avait l'air savant, sérieux. On avait l'impression que l'on travaillait beaucoup ici. Et l'on y travaillait en effet beaucoup; moins, certes, à des sermons, des catéchismes, des leçons tirées de la Bible qu'à des recherches et des articles pour journaux scientifiques ou à la préparation des livres dont on était l'auteur. Le rêve mystique et la vaine spéculation étaient bannis de ce lieu; bannies aussi la naïve théologie du cœur se penchant par-delà l'abîme de la science pour aller au-devant de l'âme populaire avide d'amour, de sympathie, ainsi, d'ailleurs que la charité. Au lieu de cela, il s'agissait ici de poursuivre avec zèle la critique de la Bible et l'étude du « Christ historique ».

Car il en est en matière de théologie comme des autres matières. Il existe une théologie qui est un art et une autre qui est une science ou, du moins, s'efforce de l'être. C'était ainsi dans l'Antiquité : il en est ainsi aujourd'hui; les savants ont toujours abîmé le vin vieux en le faisant passer par des conduits nouveaux, cependant que les artistes, persistant avec insouciance dans maintes erreurs apparentes, ont été, pour le plus grand nombre, des consolateurs et des messagers de bonheur. C'est la vieille querelle inégale entre le critique et le créateur, la science et l'art, dans laquelle ceux-là ont toujours raison, sans être utiles à personne, tandis que ceux-ci, continuant à répandre la bonne semence de la croyance, l'amour, la consolation, le sens du beau et de l'éternel, trouvent sans cesse un sol propice pour la recevoir. Car la vie est plus forte que la mort et la croyance plus puissante que le doute.

Pour la première fois, Hans était assis sur le petit canapé de cuir, entre le pupitre et la fenêtre. Le pasteur de la ville fut extrêmement aimable. Sur le ton de la camaraderie, il parla du séminaire, dit comment on y vivait, comment on y travaillait.

— La nouveauté la plus importante, dit-il pour conclure, celle qui sera pour toi une grande expérience, c'est l'introduction au grec du Nouveau Testament. Cela t'ouvrira un monde inconnu, riche en étude, en joie. Au début, la langue te donnera du mal : ce n'est plus le grec attique, mais un idiome neuf, créé par un esprit neuf.

Hans écoutait avec attention et, plein de fierté, se sentait plus proche de la vraie science.

— L'introduction scolaire à ce monde nouveau, poursuivit le pasteur, le prive naturellement d'une partie de son enchantement. Peut-être aussi qu'à tes débuts au séminaire, l'hébreu t'accaparera d'une façon un peu exclusive. Si tu veux, nous pourrions profiter des vacances pour faire une petite incursion par là. Tu seras bien content, au séminaire, de pouvoir épargner tes forces et ton temps pour d'autres disciplines. Nous pourrions lire ensemble quelques chapitres de l'Évangile de Luc : ainsi, tu apprendrais la langue presque en te jouant. Je te prêterai un dictionnaire. Tu consacrerais à cela une heure, tout au plus deux par jour. Bien sûr, pas davantage, car, avant tout, il faut que tu jouisses maintenant d'un repos que tu as bien gagné. Naturellement, ceci n'est qu'une offre — je ne voudrais surtout pas gâcher la belle sensation d'être en vacances.

Hans accepta, bien entendu. Certes, cette heure consacrée à Luc lui apparaissait comme un nuage léger dans le joyeux ciel d'azur de sa liberté, mais il aurait eu honte de refuser. En outre, apprendre ainsi une langue nouvelle pendant les vacances lui procurerait certainement plus de plaisir que de travail. Au reste, il avait assez peur de toutes les nouveautés qu'il aurait à connaître au séminaire, et, particulièrement, de l'hébreu.

Ce ne fut pas sans une certaine satisfaction qu'il quitta le pasteur de la ville et se mit en route vers la forêt par le « Chemin des Alouettes ». Son léger mouvement d'humeur était déjà oublié, et, plus il pensait à la chose, plus elle lui semblait acceptable. Car il savait bien ceci : au séminaire, il serait obligé de travailler avec plus de persévérance et d'ambition que jamais, s'il voulait, là aussi, dépasser ses camarades. Et cela, il le voulait absolument. Pourquoi, au fait? Il ne le savait pas lui-même. Il y avait trois ans qu'on l'avait distingué. Les professeurs, le pasteur de la ville, son père et notamment le recteur l'avaient éperonné, aiguillonné, tenu en haleine. Pendant toute cette période, de classe en classe, il avait été le premier, indiscutablement. Et maintenant, progressivement, il mettait lui-même tout son orgueil à tenir la tête et à ne tolérer personne à côté de lui. En outre, le stupide trac de l'examen était passé.

Certes, le fait d'être en vacances était ce qu'il y avait de plus agréable. Quelle beauté singulière prenait la forêt à cette heure matinale où il n'y avait pas d'autre promeneur que lui! Les épicéas, dressés colonne à colonne, formaient une voûte d'un vert bleuté au-dessus d'une galerie sans fin. Les sous-bois étaient rares, sauf quelques fourrés de framboisiers.

Par contre, un vaste tapis de mousse veloutée, moelleuse, parsemée de nombreuses touffes de myrtilles et de bruyère, s'étalait sur le sol. La rosée avait séché, et entre les troncs verticaux régnait cette curieuse touffeur de la forêt au matin, faite de chaleur solaire, de l'évaporation de la rosée, d'exhalaisons de mousse, des odeurs mêlées de résine, d'aiguilles de sapin et de champignons, qui s'insinue et s'empare de tous les sens en une sorte d'ivresse légère. Hans se laissa tomber sur la mousse, fit une moisson de myrtilles parmi les touffes sombres et lourdement chargées l'entourant, percevant çà et là le martèlement sec des pics contre les branches, les appels jaloux du coucou. Entre les cimes noirâtres des sapins, le bleu profond du ciel apparaissait pur, sans tache; les mille et mille troncs droits se pressaient loin à l'horizon jusqu'à ne plus former qu'un mur brunâtre; des taches de soleil jaunes, chaudes, saturées de lumière, mettaient des flaques de clarté sur la mousse.

En vérité, Hans avait eu l'intention de faire une grande promenade, au moins du côté de la ferme Lützel ou vers la prairie des crocus. Et il était là, couché dans la mousse, se gavant de myrtilles et regardant paresseusement en l'air. Il commençait à s'étonner de son état d'épuisement. Autrefois, une marche de trois à quatre heures n'avait rien pour l'effrayer. Il décida de se ressaisir et de faire une bonne trotte. Il avança d'une centaine de pas et se retrouva soudain couché dans l'herbe, à se reposer, sans savoir comment c'était arrivé. Il resta étendu, laissant errer entre les branches, les cimes et le sol vert un regard papillotant. Comme il se sentait fatigué par le grand air, aujourd'hui!

Quand il rentra chez lui, à midi, il avait de nouveau mal à la tête. Ses yeux aussi le faisaient souffrir : dans le sentier forestier, le soleil avait été implacablement éblouissant. Il passa la moitié de l'après-midi chez lui, d'assez mauvaise humeur; ce n'est qu'après le bain qu'il se sentit plus dispos. Il était temps, pour lui, d'aller chez le pasteur de la ville.

En chemin, il rencontra le cordonnier Flaig, assis sur son trépied à la fenêtre de son atelier; il l'appela.

— Où vas-tu, mon fils? On ne te voit plus!

— Il faut que j'aille chez le pasteur de la ville.

— Encore? l'examen est pourtant passé!

— Oui, c'est maintenant d'autre chose qu'il s'agit : le Nouveau Testament! Car le Nouveau Testament est rédigé en grec, mais dans un grec très différent de celui que j'ai appris. C'est ce que je vais étudier à présent.

Le cordonnier rejeta sa casquette sur sa nuque et de gros plis vinrent rider son grand front de rêveur. Il poussa un profond soupir.

— Hans, dit-il doucement, je vais te dire quelque chose. Jusqu'à présent, je me suis tu, à cause de l'examen. Mais il est temps que je te prévienne. Il importe que tu saches ceci : le pasteur de la ville est un mécréant. Il va te dire et te prouver que les Saintes Écritures sont falsifiées et menteuses. Lorsque tu auras lu avec lui le Nouveau Testament, tu auras toi-même perdu ta foi et tu ne sauras pas comment.

— Mais, monsieur Flaig, il ne sera question que du grec. De toute façon, il faudra que je l'apprenne au séminaire.

— C'est ce que tu dis. Mais il est très différent d'étudier la Bible sous la direction de professeurs pieux, consciencieux, ou avec un homme qui ne croit plus au Bon Dieu!

— On ne sait pas encore si réellement il ne croit pas en Lui!

— Si, Hans, on le sait, hélas!

— Que puis-je faire? Je me suis déjà entendu avec lui pour y aller...

— Alors, il faut y aller, cela va de soi. Mais s'il te parle de la Bible en te disant qu'Elle est l'œuvre des hommes, qu'Elle ment et ne nous a pas été transmise par le Saint Esprit, tu viendras chez moi, et nous en discuterons, veux-tu?

— Oui, monsieur Flaig. Mais, sûrement, nous n'en arriverons pas là!

— Tu verras! Pense à moi.

Le pasteur de la ville n'était pas encore rentré chez lui, et Hans dut l'attendre dans son cabinet de travail. Cependant qu'il examinait les titres dorés des livres, les discours du maître cordonnier lui revinrent à l'esprit. Il avait souvent entendu faire des réflexions de ce genre au sujet du pasteur de la ville ou des ecclésiastiques « à la nouvelle mode » en général. Pourtant, il se sentit lui-même, et pour la première fois, attiré vers ces choses avec curiosité et un très vif intérêt. Elles ne lui paraissaient pas aussi importantes, aussi terribles qu'au cordonnier. Pendant ses premières années à l'école, la question de l'omniprésence de Dieu, de la survivance des âmes, de l'existence du diable, de l'enfer, l'avait amené à faire des rêveries fantastiques. Mais tout cela s'était endormi au cours de l'austère période studieuse qu'il venait de traverser, et sa croyance chrétienne, toute scolaire, ne reprenait de vie personnelle qu'occasionnellement dans ses conversations avec le cordonnier. Il ne put s'empêcher de sourire en comparant ce dernier au pasteur de la ville. Le jeune garçon ne pouvait pas comprendre la ferme croyance du cordonnier, acquise au long d'une vie souvent amère. En outre, bien que Flaig fût certainement un homme intelligent, il était simple et étroit d'esprit, en butte aux railleries du plus grand nombre à cause de sa bigoterie. Dans l'Assemblée des Frères de l'Heure, il passait pour un juge fraternel, sévère et pour un puissant commentateur des Saintes Écritures; il organisait également dans les petits villages des environs des conférences édifiantes; par ailleurs, il n'était qu'un humble artisan, borné comme les autres. Au contraire, le pasteur de la ville n'était pas seulement un homme adroit et un prédicateur éloquent, mais encore un savant laborieux et rigide.

Hans contempla avec vénération les rayonnages de livres.

Le pasteur de la ville arriva bientôt, échangea sa redingote contre un veston d'intérieur plus léger, remit à son élève un exemplaire en grec de l'Évangile de Luc et l'invita à lire. C'était tout à fait différent des leçons de latin. Ils ne lisaient que quelques phrases, péniblement traduites ensuite en mot à mot. Puis, partant d'exemples inapparents, le professeur développait, habile et disert, le génie particulier de cette langue, parlait de l'époque et de la façon dont était né le livre; dans cette seule leçon, il donna au jeune garçon une notion toute nouvelle de la lecture et de l'enseignement. Hans eut soudain l'intuition des problèmes, des buts cachés dans chaque phrase, derrière chaque mot; comment, aussi, depuis la plus haute Antiquité, des milliers de savants, de rêveurs, de chercheurs s'étaient occupés de ces questions; et il lui sembla que lui-même, à cette heure, était accueilli dans le cercle de ces chercheurs de la vérité.

Il reçut en prêt un lexique et une grammaire; il étudia chez lui toute la soirée. Il pressentait enfin par quelles montagnes de travail et de savoir passait la voie de la vraie science; il était décidé à s'y frayer lui-même un chemin et de ne rien laisser à l'aventure. Le cordonnier fut oublié pour l'instant.

Pendant quelques jours, il fut complètement absorbé par cette nouvelle réalité. Il se rendait chaque soir chez le pasteur de la ville; chaque jour, le vrai savoir lui parut plus beau, plus ardu, plus digne d'être acquis. Le matin, de bonne heure, il allait pêcher; l'après-midi, à la prairie des bains; à part cela, il sortait fort peu de chez lui. L'ambition, noyée dans la peur, puis dans le triomphe de l'examen, s'était réveillée et ne lui laissait plus de paix. En même temps, revenait aussi cette curieuse sensation dans sa tête, si souvent ressentie au cours des derniers mois. Ce n'était pas une souffrance, mais une sorte d'exaltation triomphante, une circulation plus rapide des forces violemment excitées, un désir pressant, presque monstrueux, d'aller de l'avant. Certes, ensuite, il avait mal à la tête; mais tant que durait cette belle fièvre, lecture et travail progressaient à pas de géant; ensuite, il lut en se jouant les phrases les plus difficiles de Xénophon, celles qui lui coûtaient autrefois des quarts d'heure d'efforts. Puis, vint le moment où il n'eut presque plus jamais besoin de dictionnaire : d'une intelligence aiguisée, il parcourait vite et joyeusement les pages les plus compliquées. A cette ardeur redoublée au travail, à cette soif de connaissance se joignit bientôt une orgueilleuse conscience de sa propre valeur, comme si l'école, les professeurs, les années d'études étaient déjà bien loin et qu'il foulait sa propre voie pour parvenir au sommet du savoir, du pouvoir.

Tout cela s'était donc réveillé en lui, et, en même temps, était revenu ce sommeil léger, souvent interrompu par des rêves curieusement significatifs. Quand il se réveillait la nuit, souffrant d'un vague mal de tête et qu'il ne pouvait pas se rendormir, il se sentait pris d'une impatience de progrès, d'un orgueilleux sentiment de supériorité en songeant à quel point il avait dépassé ses camarades, en quelle estime, voire quelle admiration le tenaient professeurs et recteur.

Cela avait été pour le recteur une joie profonde de diriger la croissance de cette belle ambition qu'il avait éveillée chez le garçon. Que l'on ne vienne point prétendre que les maîtres d'école n'ont pas de cœur! Que ce sont des pédants fossilisés et sans âme. Oh non! Quand un maître voit jaillir chez un enfant un talent qu'il a longtemps cherché à stimuler sans obtenir de résultat, quand il voit cet enfant laisser là son sabre de bois, sa fronde, son arc, ses flèches, ou d'autres jeux puérils, et commencer à s'efforcer de bien faire; quand l'austérité du travail transforme un robuste joufflu en un garçonnet fin, sérieux, presque ascétique, que son visage vieillit, se spiritualise, que ses yeux s'approfondissent, prennent conscience du devoir, que sa main blanchit, s'immobilise, alors l'âme du maître rit de bonheur et de fierté. Il est de son devoir et du métier dont il répond devant l'État de dompter chez ce jeune garçon les forces brutales et de déraciner les appétits de la nature pour implanter en leur lieu et place des idéaux paisibles, modérés, admis par l'État. Combien d'hommes, aujourd'hui citoyens satisfaits, fonctionnaires zélés, seraient, sans ces efforts de l'école, devenus des novateurs sans cesse agités, des rêveurs stériles! Il y avait en eux quelque chose de primitif, de déréglé, d'inculte qui devait d'abord être brisé; une flamme dangereuse, qu'il fallait avant tout éteindre et piétiner. L'homme, tel que le produit la nature, est un être déconcertant, indéchiffrable, alarmant. Il est un torrent débouchant de montagnes inconnues; il est une forêt vierge sans chemin, désordonnée. Et comme la forêt vierge, qui doit être éclaircie, nettoyée, contenue dans certaines limites par la violence, l'homme naturel doit être brisé par l'école, vaincu, maintenu par la force; c'est la tâche de l'école d'en faire un membre utile de la société, selon des principes approuvés par les autorités, et d'éveiller en lui les vertus dont le développement sera complété et couronné par le dressage méticuleux de la caserne.

Comme ce petit Giebenrath s'était bien développé! C'était presque de lui-même qu'il avait abandonné les vagabondages, les jeux; il y avait longtemps que, chez lui, ne retentissait plus ce rire bête survenant pendant les classes; il s'était docilement déshabitué du jardinage, de l'élevage des lapins et de cette pêche détestable.

Un beau soir, M. le Recteur en personne fit son apparition chez les Giebenrath. Après s'être poliment débarrassé du père flatté, il se dirigea vers la chambre de Hans et trouva le garçon plongé dans l'Évangile de Luc. Il le salua amicalement.

— C'est bien, Giebenrath! Te voilà de nouveau au travail! Mais pourquoi ne te montres-tu plus? Je t'ai attendu tous ces jours-ci?

— Je serais déjà venu, s'excusa Hans; mais j'aurais bien voulu vous apporter au moins un beau poisson.

— Un poisson? Quel poisson?

— Eh bien... une carpe, ou quelque chose comme ça.

— Ah bon? Quoi, te serais-tu remis à la pêche?

— Oui. Seulement un peu. Mon père me l'a permis.

— Hm! Oui... Cela te fait-il beaucoup de plaisir?

— Oui, bien sûr.

— Bien! Très bien! Tu as vaillamment mérité tes vacances. Tu n'as probablement pas très envie de travailler en dehors?

— Oh si, monsieur le Recteur! Naturellement...

— Je ne voudrais surtout pas te forcer à faire ce dont tu n'aurais pas envie toi-même.

— Bien sûr, que j'en ai envie.

Le recteur respira profondément deux ou trois fois, passa ses doigts dans sa barbe maigre et s'assit sur une chaise.

— Vois-tu, Hans, dit-il, les choses se présentent ainsi : on sait par expérience que, précisément, un très bon examen est souvent suivi d'une chute brusque. Au séminaire, il s'agit de se familiariser avec plusieurs disciplines nouvelles. Il y vient toujours un certain nombre d'élèves qui se sont préparés pendant les vacances — souvent, justement ceux qui ne se sont pas distingués à l'examen. Ces derniers prennent subitement les premières places au détriment de ceux qui ont profité de leurs vacances pour se reposer sur leurs lauriers.

Il poussa un nouveau soupir.

— Ici, à l'école, il t'était facile d'être toujours premier. Au séminaire, par contre, tu trouveras d'autres camarades, un tas de garçons doués ou travailleurs, qui ne se laisseront pas rattraper, en jouant. Tu conçois cela?

— Oh oui!

— Je voulais donc te proposer de mettre à profit

tes vacances pour te préparer un peu. Naturellement, avec mesure! Tu as maintenant le droit et le devoir de te reposer tout de bon. Je pensais qu'une heure ou deux par jour seraient environ ce qu'il faudrait. Sans cela, on sort vite du sillon et c'est le diable ensuite pour s'y remettre. Qu'en dis-tu?

— Je suis tout prêt, monsieur le Recteur, si vous voulez bien avoir la bonté...

— Bien. Outre l'hébreu, Homère, notamment, t'ouvrira au séminaire un monde nouveau. Tu le liras avec deux fois plus de plaisir et de profit si nous posons dès à présent des bases solides. La langue d'Homère, l'antique dialecte ionien, ainsi que la prosodie homérique, c'est quelque chose de tout à fait particulier, de tout à fait singulier. Il faut travailler beaucoup et très à fond pour arriver à goûter comme il faut les nuances de cette poésie.

Bien entendu, Hans ne demandait pas mieux que de pénétrer dans ce monde nouveau et promit de faire de grands efforts.

Mais ce n'était pas fini. Le recteur se racla la gorge et poursuivit amicalement :

— A dire le vrai, il me serait très agréable que tu consacrasses aussi quelques heures aux mathématiques. Ce n'est pas que tu sois mauvais calculateur, mais on ne peut pas dire que les mathématiques soient précisément ton fort. Au séminaire, il te faudra commencer l'algèbre et la géométrie; il serait fort opportun que tu prisses quelques leçons préparatoires.

— Bien, monsieur le Recteur...

— Chez moi, tu es toujours le bienvenu, tu le sais. C'est pour moi une affaire d'honneur que de faire de toi un être exceptionnel. Mais en ce qui concerne les mathématiques, il faudrait prier ton père de te faire prendre des leçons particulières avec le professeur. Peut-être trois ou quatre par semaine...

— Bien, monsieur le Recteur...

***

Le travail avait donc recommencé à battre son plein. S'il arrivait de-ci de-là qu'Hans pêchât ou se promenât pendant une heure, il le faisait avec mauvaise conscience. L'heure habituellement réservée au bain avait été choisie par le dévoué professeur de mathématiques qui lui donnait ses leçons.

Malgré toute son ardeur au travail, Hans ne parvenait pas à trouver de l'agrément à cette heure d'algèbre. C'était quand même dur au cœur de la chaude après-midi, au lieu de prendre le chemin de la prairie des bains, de se cantonner dans la chambre étouffante du professeur, dans cette atmosphère poussiéreuse, résonnant de l'agaçant bourdonnement des moustiques, et de réciter, la tête fatiguée, la gorge sèche, le a plus b ou le a moins b. Il y avait alors dans l'air quelque chose de paralysant, d'infiniment déprimant, qui, dans les mauvais jours, tournait à la désolation, voire au désespoir. Du reste, en ce qui concernait les mathématiques, c'était étrange. Ce n'est pas qu'il fît partie de ces élèves pour qui elles restent lettre morte, inconcevables. Il trouvait parfois de bonnes, même d'élégantes solutions et en éprouvait quelque satisfaction. Ce qui le séduisait dans les mathématiques, c'est que l'on n'y trouvait ni errements ni supercherie, aucune possibilité de s'écarter du thème, de s'engager dans des domaines voisins et trompeurs. C'était pour la même raison qu'il aimait tant le latin : cette langue est claire, sûre, d'une interprétation précise et ne connaît presque pas d'hésitation. Mais, alors que dans les calculs tous les résultats pouvaient être justes, il n'en sortait pas forcément quelque chose de bon. Les devoirs de mathématiques et les leçons lui apparaissaient comme une promenade sur une grande route plane : on progresse régulièrement; chaque jour, l'on comprend quelque chose que l'on n'avait pas encore saisi la veille, mais l'on n'arrive jamais au sommet d'une montagne d'où l'on découvre soudain de vastes perspectives.

Les leçons chez le recteur étaient plus vivantes. Certes, le pasteur de la ville s'entendait toujours fort bien à tirer du grec abâtardi du Nouveau Testament quelque chose de plus séduisant, de plus magnifique que ne le faisait le recteur pour la langue, si fraîche, si juvénile d'Homère. Mais cela restait de l'Homère; chez ce dernier, immédiatement après les difficultés préliminaires, surgissaient déjà des surprises, des délices vous entraînant irrésistiblement à aller plus loin. Souvent, Hans s'arrêtait, frémissant d'impatience et d'exaltation, devant un vers résonnant d'une beauté mystérieuse et ne trouvait pas, assez vite, à son gré, dans son dictionnaire la clef lui ouvrant ce jardin plein de paix et de sérénité.

Il avait de nouveau du travail plus qu'à sa suffisance, et les soirées n'étaient pas rares qu'il passait à sa table juste tard dans la nuit, talonné par l'achèvement d'un devoir. Le père Giebenrath voyait ce zèle avec orgueil. Dans son esprit pesant vivait obscurément l'idéal de tant de gens bornés : voir surgir de sa souche un rejeton poussant bien haut, parvenant à ces sommets qu'il révérait avec un respect obtus.

Quand vinrent les dernières semaines de vacances, le recteur et le pasteur de la ville se montrèrent soudain, et de nouveau, extraordinairement cléments et soucieux de la santé de Hans. Ils envoyèrent le jeune garçon se promener, cessèrent les leçons et insistèrent sur l'importance pour lui de s'engager dans sa nouvelle voie en bonnes dispositions.

Hans réussit encore quelquefois à pêcher. Il avait fréquemment mal à la tête. Il restait sur la berge du fleuve sans concentrer réellement son attention, regardant l'eau dans laquelle se reflétait un ciel d'un bleu lumineux d'automne précoce. La raison pour laquelle il s'était tant réjoui, à l'époque, de ses vacances d'été restait pour lui mystérieuse. A présent, il était plutôt content qu'elles fussent finies et d'entrer bientôt au séminaire, où commenceraient pour lui une vie et des études nouvelles. Comme il n'y attachait plus aucune importance, il ne prenait presque plus de poissons et, son père l'ayant plaisanté un soir à ce sujet, il ne pêcha plus du tout et remisa ses lignes dans le placard de la mansarde.

Ce n'est que les tout derniers jours qu'il se souvint subitement n'être pas retourné depuis des semaines chez le cordonnier Flaig. Même maintenant, il lui fallut se forcer pour aller lui rendre visite. C'était le soir; le maître se tenait à la fenêtre de sa chambre, un petit enfant sur chaque genou. Bien que toutes les croisées fussent ouvertes, l'odeur de cuir et de cirage emplissait la demeure. Gêné, Hans mit sa main dans la large paume du maître cordonnier.

— Eh bien, comment vas-tu? demanda ce dernier. As-tu été régulièrement chez le pasteur de la ville?

— Oui, j'y suis allé tous les jours et j'ai beaucoup appris.

— Quoi donc?

— Principalement le grec, mais aussi pas mal d'autres choses.

— Et tu n'as jamais eu envie de venir chez moi?

— Ce n'est pas que je n'en aie eu envie, mais je n'y suis jamais arrivé. Une heure chaque jour chez le pasteur de la ville, deux heures quotidiennement chez le recteur et quatre fois par semaine chez le professeur de calcul...

— Maintenant, pendant les vacances? C'est de la folie!

— Je ne sais pas. Les professeurs l'ont voulu ainsi. Et apprendre ne m'est guère difficile.

— Peut-être, dit Flaig, et il saisit le bras du garçon. Je serais encore d'accord pour ce qui est d'apprendre. Mais quelle pauvre paire de bras tu as là! Et ta figure, si maigre! As-tu encore mal à la tête?

— Parfois.

— Quelle folie, Hans, et quel péché, par surcroît!

A ton âge, on a terriblement besoin d'air, de mouvement, de vrai repos. Pourquoi vous donne-t-on des vacances? Sûrement pas pour traîner à la maison et continuer à apprendre. Tu n'as plus que la peau et les os!...

Hans se mit à rire.

— Oui, je sais, tu y arriveras. Mais ce qui est trop est trop. Et tes leçons chez le pasteur de la ville, qu'en est-il advenu? Que t'a-t-il dit?

— Il a dit des tas de choses, mais rien de grave. Il est très savant.

— T'a-t-il parlé irrespectueusement de la Bible?

— Non, pas une seule fois.

— C'est bon. Car je te le dis en vérité, il vaut dix fois mieux souffrir en sa chair qu'en sa foi. Tu veux devenir pasteur plus tard. C'est une vocation aussi belle que difficile, réclamant d'autres hommes que la plupart d'entre vous, les jeunes gens. Peut-être es-tu de ceux qui sont élus et deviendras-tu un jour un soutien, un instructeur des âmes. Je te le souhaite du fond du cœur et je prierai qu'il en soit ainsi.

Il s'était levé et avait posé ses deux mains fermement sur les épaules du garçon.

— Au revoir, Hans! Reste dans le droit chemin. Le Seigneur te bénisse et te protège, amen!

Cette solennité, cette prière, ce langage cérémonieux furent pénibles, oppressants pour l'adolescent. En prenant congé de lui, le pasteur de la ville n'avait rien dit de semblable.

Les quelques derniers jours s'écoulèrent rapidement dans la fièvre des préparatifs et des adieux. On avait déjà expédié une caisse contenant la literie, les vêtements, le linge et les livres. Il ne s'agissait plus que de remplir le sac de voyage, et un beau matin d'une fraîcheur tout automnale, le père et le fils partirent pour Maulbronn.

C'était quand même une sensation bizarre et impressionnante que de quitter sa ville natale, la maison paternelle pour aller s'enfermer dans un établissement étranger.

Au nord du pays, entre des collines boisées et parmi des petits lacs paisibles, s'élève le grand monastère cistercien de Maulbronn. Les beaux édifices sont vastes, immuables, parfaitement conservés, et feraient une demeure des plus séduisantes, car ils sont splendides à l'intérieur comme à l'extérieur; au cours des siècles, ils ont fini par se fondre intimement dans leurs alentours verdoyants. Quand on vient visiter le couvent, on pénètre, par un haut portail pittoresque ouvert dans les altières murailles, en un large espace plein de paix. Une fontaine y coule doucement, il y a de vieux arbres graves et, des deux côtés, d'antiques maisons de pierre; au fond, la façade de la basilique, avec son parvis appartenant à la dernière période romane, surnommé le « Paradis », est d'une beauté absolument ravissante, d'une grâce incomparable. Le toit imposant de l'église est chevauché par une flèche spirituelle, fine comme une aiguille, dont on ne conçoit pas comment elle peut contenir une cloche. Le cloître, intact, par lui-même une manière de chef-d'œuvre, contient un véritable bijou, une précieuse chapelle construite autour d'une source. Le réfectoire des hommes, avec sa noble voûte en arête, plus loin, l'oratoire, le parloir, le réfectoire des laïcs, l'habitation de l'abbé et deux églises forment une seule masse imposante. Des murs décoratifs, des encorbellements, des portails, des jardinets, un moulin, des maisons entourent gaiement, aimablement les lourds et vénérables bâtiments. Le vaste préau s'étend silencieux, vide, somnolent, jouant nonchalamment avec les ombres de ses arbres. Ce n'est que vers l'heure de midi qu'un fugitif semblant de vie l'anime. A ce moment, une troupe de jeunes gens sort du monastère, se perd sur la grande étendue, apportant du mouvement, des appels, des bavardages et des rires; ils jouent parfois à la balle et, à l'expiration de l'heure, disparaissent rapidement, sans laisser de trace, derrière la muraille. Bien des gens, en ce lieu, ont pensé qu'il devrait être désigné pour y mener une vie de bonheur; quelque chose de vivant, de satisfaisant, devrait s'y épanouir; des hommes bons, sages, devraient pouvoir méditer là en une paix heureuse, féconde en belles œuvres claires, sereines, doucement enjouées.

Cela fait bien longtemps que l'on a cédé aux élèves du séminaire théologique protestant cet admirable monastère, situé en marge du monde, retiré dans les collines et les forêts, afin que le calme et la beauté entourent ces jeunes âmes sensibles. Par la même occasion, les adolescents sont soustraits à l'influence dissipatrice des villes, de la famille, et sont à l'abri du spectacle pernicieux de la vie active. C'est ainsi que l'on fait gravement accepter à cette jeunesse pendant des années comme but de vie l'étude des langues hébraïque et grecque, sans oublier les disciplines secondaires, canalisant les désirs ardents de ces jeunes esprits vers des études, des jouissances pures et idéales. Il s'y ajoute le facteur important de la vie d'internat de l'autoéducation, le sentiment de l'appartenance à une communauté. La fondation, aux dépens de laquelle vivaient et étudiaient les séminaristes, veillait ainsi à ce que ses élèves devinssent des disciples formés à l'image d'un génie particulier, moyen adroit et sûr de marquer des êtres, en sorte que partout et toujours on les reconnût. Et, en effet, à l'exception des quelques révoltés se libérant de temps à autre de cette empreinte, il est impossible de ne pas reconnaître, et ce, pendant toute leur vie, les séminaristes souabes.

Ceux d'entre eux qui, lors de leur entrée au séminaire, avaient encore une mère, se souviennent tout au long de leur existence de ce premier jour avec une gratitude émue et souriante. Hans Giebenrath n'était pas dans ce cas et n'eut pas à éprouver d'émotion particulière; mais il eut le loisir d'observer un grand nombre de mères inconnues et en retira une curieuse impression.

Dans les grands corridors que l'on appelait « dorment » s'entassaient pêle-mêle caisses et panières. Ceux des garçons qu'avaient accompagnés leurs parents étaient occupés à défaire et à serrer leurs affaires. Chacun s'était vu attribuer un placard numéroté, et, dans la salle d'étude, une étagère également numérotée. Des fils et des parents étaient agenouillés sur le sol, en train de déballer leurs bagages; le surveillant évoluait au milieu du désordre avec la désinvolture d'un prince, prodiguant çà et là des conseils bienveillants. On étalait des vêtements sortis des caisses, on pliait des chemises, on entassait des livres, on rangeait en bon ordre souliers et pantoufles. En ce qui concerne les pièces principales, l'équipement était le même pour tous. Le minimum de lingerie et l'essentiel des autres objets ménagers étaient fixés par l'administration du séminaire. Des cuvettes de fer battu, avec des noms maladroitement grattés à l'intérieur, firent leur apparition et furent placées dans la salle d'eau, en compagnie d'éponges, de porte-savon, de peignes et de brosses à dents. En outre, chacun avait apporté une lampe, un bidon de pétrole et un couvert.

Les garçons étaient tous extrêmement affairés et très excités. Les pères essayaient d'aider, jetaient de fréquents coups d'œil à leurs montres, s'ennuyaient ferme et tentaient de s'éclipser. L'âme de toute activité, c'étaient les mères. Elles prenaient les vêtements et le linge pièce à pièce, effaçaient un pli ici, tiraient là un cordon et s'employaient à ranger les effets dans l'armoire d'une façon pratique et ordonnée, après maints essais. Elles entremêlaient leurs efforts d'un flot d'avis, de conseils, de mots affectueux.

— Fais bien attention à tes chemises neuves : elles ont coûté trois marks cinquante!

— Tu enverras ton linge toutes les quatre semaines par chemin de fer. Si c'est pressé, par poste. Le chapeau noir est pour le dimanche seulement!

Une grosse bonne femme, assise confortablement sur une haute caisse, enseignait à son fils l'art de recoudre des boutons.

— Si tu as le cafard, entendait-on ailleurs, écris-moi aussi souvent que tu en auras envie. Au reste, le temps ne sera pas si long jusqu'à Noël!

Une jolie femme, encore assez jeune, examinait l'armoire pleine de son fils chéri, passant une main presque caressante sur les piles de linge, les vestes, les pantalons. Quand elle eut fini, elle se tourna tendrement vers son fils, un bon joufflu aux épaules larges, et elle se mit à le dorloter. Le garçon en fut gêné, la repoussa timidement en riant et, pour surtout ne pas avoir l'air ému, fourra délibérément ses mains dans les poches de son pantalon. La séparation serait sans doute plus pénible pour sa mère que pour lui.

Chez d'autres, c'était le contraire. Ils dévoraient leurs mères du regard, incapables d'une pensée ou d'un mouvement, et, par choix, eussent préféré repartir avec elles à la maison. Chez tous, il y avait cette appréhension de l'adieu, un sentiment grandissant d'émoi, d'attachement, en lutte sourde avec une sorte de fausse honte à cause des assistants et un sentiment exalté de la dignité propre à la première virilité. Un bon nombre d'entre eux qui, pour un peu, se seraient mis à pleurer, affichaient des airs dégagés, impliquant que toute cette agitation ne les concernait pas. Et les mères, indulgentes, souriaient.

Presque tous retirèrent de leurs caisses, outre le nécessaire et, par-ci par-là, un objet de luxe, qui, un petit sac de pommes, qui, un saucisson fumé, un petit panier de pâtisseries ou autres douceurs. Beaucoup avaient apporté des patins à glace. Un petit jeunet à l'air finaud excita une grande considération par la possession d'un jambon entier, qu'il n'essaya même pas de dissimuler.

On faisait aisément la différence entre ceux des garçons venant directement de chez eux et ceux qui avaient été autrefois dans une institution ou une pension. Mais même ceux-là étaient en proie à l'excitation et à l'énervement.

M. Giebenrath aida son fils à déballer; il s'y prit d'une façon adroite et pratique. Il finit avant la plupart et resta un moment avec Hans dans le « dorment », désœuvré, s'ennuyant, ne sachant que faire. Comme il voyait de tous côtés les pères prodiguer des avis et des enseignements, des mères consolant et donnant des conseils à des garçons anxieux et attentifs, il crut nécessaire de prononcer à l'intention de son fils quelques paroles définitives, dont il emporterait le souvenir sur le chemin de la vie. Il réfléchit longtemps, puis, soucieux, il se glissa auprès de son fils muet et se lança : il sortit un petit choix de phrases solennelles, de véritables perles, que Hans écouta, stupéfait, silencieux, jusqu'à ce qu'il aperçût non loin un pasteur, un sourire amusé sur les lèvres, diverti par le discours paternel. Il eut honte et tira l'orateur dans un coin.

— Alors, c'est entendu? Tu feras honneur à la famille? Tu obéiras à tes supérieurs?

— Oui, naturellement, dit Hans.

Le père se tut et, soulagé, reprit haleine. Il commençait à s'ennuyer tout de bon. Hans, lui aussi, se sentait un peu perdu. Tantôt, avec une curiosité angoissée, il regardait par la fenêtre le cloître tranquille, dont la dignité archaïque et sévère, le silence recueilli offraient un contraste singulier avec la jeune vie bruyante régnant en haut; tantôt, il observait craintivement ses camarades affairés : il n'en connaissait pas encore un seul. Son compagnon d'examen à Stuttgart n'avait pas dû réussir, malgré son latin raffiné de Göppingen ; du moins, Hans ne le voyait-il nulle part. Sans trop réfléchir, il contemplait ses futurs condisciples. Quelque semblables qu'ils fussent par le genre et l'importance de leur équipement, il était facile de distinguer l'habitant des villes du fils de paysans et les riches des pauvres. Certes, les fils de familles riches venaient rarement au séminaire, ce qui permet de tirer des conclusions soit de l'orgueil ou du discernement profond des parents, soit des dons de leur progéniture. Cependant, il arrivait parfois qu'un professeur ou un haut fonctionnaire, en souvenir de ses propres années d'études au séminaire, mît son fils à Maulbronn. C'est ainsi que l'on voyait entre les quarante vestes noires des différences dans la qualité du drap et de la coupe ; ces jeunes gens étaient également dissemblables par leur attitude, leur dialecte, leur tenue générale. Il y avait là des paysans de la Forêt-Noire, maigres, secs, aux membres raides ; des fils des Alpes, pleins de sève, d'un blond de paille, avec de larges mâchoires ; des habitants des bas pays, toujours en mouvement, au maintien libre et joyeux ; d'élégants « Stuttgartiens », aux bottines pointues et au dialecte affecté, je veux dire raffiné. Environ un cinquième de cette jeunesse portait lorgnon. L'un d'eux, un des « élégants » fils à papa de Stuttgart, arborait un magnifique chapeau melon, se comportait avec des airs distingués et n'avait pas idée que toute dérogation dans la manière d'être et de s'habiller excitait chez ceux de ses camarades les plus espiègles une envie démesurée d'exercer plus tard des brimades plus ou moins brutales.

Un spectateur averti eût su reconnaître que cette petite troupe timorée ne représentait pas un mauvais choix dans la jeunesse du pays. A côté des têtes de « tout venant », ne manquaient ni les garçons sensibles ni les adolescents obstinés et fermes, dont le front lisse cachait le rêve d'une vie plus haute, encore dans les limbes. Peut-être se trouvait-il là l'une ou l'autre de ces subtiles et tenaces cervelles souabes qui, de temps à autre, se sont imposées dans le vaste monde et ont fait de leurs idées sèches, rigides le centre d'un système nouveau et puissant. Car la Souabe ne se borne pas à produire pour elle-même et pour l'extérieur des théologiens bien formés, mais encore dispose avec fierté d'une traditionnelle tendance à la spéculation philosophique, qui a déjà donné naissance à plus d'un prophète éminent comme à des professeurs d'erreurs. Ainsi, ce pays fécond, dont, politiquement, les grandes traditions remontent à des temps reculés, exerce pourtant de par le monde une influence marquée dans les domaines spirituels de la science divine et de la philosophie. En outre, il y a dans ce peuple, depuis la plus haute Antiquité, un goût des belles formes et de la poésie rêveuse faisant surgir, de-ci de-là, des rimeurs et des poètes ne comptant pas parmi les plus médiocres.

En apparence, il n'y avait rien de typiquement souabe dans l'organisation et les coutumes du séminaire de Maulbronn; bien plus, à côté des noms latins, vestiges des temps conventuels, on avait récemment collé plusieurs étiquettes classiques. Les chambres dans lesquelles on avait réparti les élèves s'appelaient : Forum, Hellas, Athènes, Sparte, Acropole : et le fait que la plus petite et dernière s'appelât Germania semblait vouloir signifier que l'on avait des raisons de faire, dans la mesure du possible, du présent germain une image de rêve gréco-romain. Cependant, encore une fois, cela n'était qu'apparent. En réalité, des noms hébraïques eussent mieux convenu. C'est ainsi que le hasard moqueur avait voulu que la chambre Athènes reçût comme occupants, non pas les gens au cœur le plus large, ni les mieux disants, mais précisément quelques honnêtes raseurs; qu'à Sparte n'habitaient ni guerriers ni ascètes, mais une poignée de gaillards aussi gais que prospères. Hans se vit assigné à la chambre Hellas, avec neuf autres camarades.

Il avait tout de même le cœur un peu serré, lorsqu'il pénétra le soir pour la première fois avec les neuf autres dans le dortoir froid, nu, et qu'il se coucha dans son petit lit d'écolier. Au plafond pendait une grande lanterne à pétrole, à la lueur rouge de laquelle on se déshabilla et qui fut éteinte à dix heures et quart par le surveillant. Ils étaient donc là, couchés les uns près des autres; à côté de chaque lit, il y avait une petite chaise, portant les vêtements pliés; au montant, pendait le cordon par lequel on mettait en mouvement la cloche matinale. Deux ou trois des garçons s'étaient déjà retrouvés et échangeaient d'une voix prudemment étouffée quelques mots. Ils se turent bientôt; les autres ne se connaissaient pas entre eux. Chacun se sentait un peu attristé et s'était réfugié dans son lit sans oser bouger. Ceux qui dormaient faisaient entendre un souffle régulier et profond; ou l'un d'eux bougeait son bras en dormant dans un froissement de ses draps. Ceux qui étaient encore éveillés se tenaient tout à fait cois. Hans fut long à s'endormir. Il épiait la respiration de ses voisins et finit par percevoir une sorte de bruit timide venant d'un lit situé non loin du sien : un garçon pleurait, sa couverture tirée par-dessus sa tête; ce bruit de sanglots léger, comme lointain, émut singulièrement Hans. Lui-même n'avait pas le mal du pays; pourtant, il regrettait la petite chambre paisible qu'il avait à la maison; à ce sentiment se joignait la crainte pusillanime de l'inconnu et de cette multitude de camarades. Il n'était pas encore minuit que tout le monde était assoupi dans la chambrée. Les jeunes dormeurs étaient couchés côte à côte, une joue appuyée sur l'oreiller rayé, les tristes et les obstinés, les joyeux et les indécis, tous terrassés par le même répit, le même oubli doux et profond. Une demi-lune blême montait lentement au-dessus des toits aigus, des tours, des encorbellements, des créneaux, des galeries ogivales; sa lumière s'amassait sur les corniches et les seuils, ruisselait sur les fenêtres gothiques et les tours romantiques, frémissait, d'or pâle, dans la grande vasque de la fontaine du cloître. Quelques rayons jaunâtres et des taches lumineuses tombaient des trois fenêtres du dortoir d'Hellas, voisinant avec les rêves des adolescents endormis, comme autrefois avec les générations de moines.

* * *

Au jour suivant, on célébra à l'oratoire la cérémonie de la réception. Les professeurs étaient présents, en redingote. L'éphorus fit un discours; les écoliers se tenaient penchés en avant sur leurs chaises, se retournant de temps en temps pour jeter un coup d'œil sur les parents, assis derrière eux. Les mères contemplaient leurs fils, pensives et souriantes. Les pères se tenaient très droits, suivaient le discours avec des airs sérieux et décidés. L'orgueil, des sentiments louables, de beaux espoirs gonflaient leurs poitrines, et pas un seul d'entre eux ne songeait qu'aujourd'hui il vendait son fils en échange d'un avantage matériel. A la fin, les élèves furent appelés un à un par leurs noms; ils sortaient du rang l'un après l'autre, étaient accueillis par l'éphorus avec une poignée de main, prêtaient serment; ceci accompli, pour peu qu'il se conduisît convenablement, chacun d'eux était entretenu et placé par l'État jusqu'à la fin de sa vie. Qu'ils ne pussent obtenir gratuitement un tel avantage ne venait à l'idée de personne, surtout pas des pères.

L'instant où ils durent prendre congé de leurs parents leur parut infiniment plus sérieux et émouvant. A pied, en voiture de poste, ou dans toutes sortes de véhicules appelés par eux à la hâte, ceux-ci disparurent aux yeux de leurs fils, qu'ils laissaient là; longtemps encore, des mouchoirs s'agitèrent dans l'air doux de septembre; puis la forêt engloutit les voyageurs, et les fils retournèrent, silencieux, pensifs, au monastère.

— Voilà! Les parents sont partis, à présent! dit le surveillant.

On commença à se regarder mutuellement, à faire connaissance, d'abord entre soi, dans chaque chambre. On remplissait les encriers d'encre, les lampes de pétrole, on rangeait livres et cahiers, on essayait de s'installer dans cette nouvelle demeure. On s'inspectait avec curiosité, on amorçait des conversations, on se demandait l'un à l'autre d'où l'on venait, l'école dont on sortait, et l'on évoquait des souvenirs communs du concours passé à la sueur des fronts. Des groupes bavards se formaient autour de certains pupitres, un éclat de rire clair et juvénile résonnait çà et là; et, vers le soir, les camarades de chaque chambrée se connaissaient déjà mieux que les passagers d'un bateau à la fin d'un voyage en mer.

Parmi les neuf camarades occupant avec Hans la chambre Hellas, il y avait quatre têtes caractéristiques; le reste appartenait plus ou moins au « tout venant ». Il y avait d'abord Otto Hartner, le fils d'un professeur de Stuttgart, doué, paisible, sûr de soi, d'une conduite irréprochable. Il était large d'épaules, bien bâti, bien habillé et en imposait à ses camarades par son attitude ferme et capable.

Puis, Karl Hamel, le fils du maire d'un petit village des Alpes. Pour le bien connaître, il fallait un certain temps, car il était plein de contrastes et sortait rarement de son flegme apparent. Il était alors d'une violence passionnée, pleine de pétulance; mais cela ne durait guère; très vite, il rentrait en lui-même, et l'on ne savait plus si l'on avait affaire à un observateur silencieux ou à un capon.

Hermann Heilner, originaire d'une bonne famille de la Forêt-Noire, était un personnage remarquable, bien que moins compliqué. Tout de suite, l'on sut qu'il était poète et bel esprit; le bruit courait qu'il avait, au concours, rédigé sa dissertation en hexamètres. Il parlait beaucoup, avec vivacité, possédait un beau violon et semblait étaler en surface une âme composée principalement d'un mélange juvénile de sentimentalité et de légèreté. Pourtant, il avait aussi, moins visibles, des émotions plus profondes. De corps et d'esprit, il était très développé pour son âge et commençait déjà à essayer de voler de ses propres ailes.

Le plus extraordinaire des habitants d'Hellas, pourtant, était Émile Lucius, un petit bonhomme renfermé, d'un blond de paille, travailleur et sec comme un vieux paysan. Malgré sa petite taille et la jeunesse de sa physionomie, il ne donnait pas l'impression d'être un adolescent : il avait au contraire quelque chose d'adulte, comme si, chez lui, plus rien ne pouvait changer. Dès le premier jour, cependant que les autres s'ennuyaient, discutaient ou cherchaient à s'accoutumer à leur nouvelle vie, lui, muet, impassible, s'était plongé dans sa grammaire, se bouchant les oreilles avec ses pouces et étudiant avec acharnement, comme s'il s'agissait de rattraper du temps perdu.

Ce n'est qu'à la longue que l'on découvrait ce drôle de corps et que l'on trouvait en lui un avare et un égoïste ayant poussé ces vices à un tel degré de raffinement que cela lui attirait une sorte d'estime, ou, tout au moins, de tolérance. Il avait mis au point un système d'économies et de profits étonnant, dont les subtilités variées ne se révélèrent que progressivement et excitèrent la stupéfaction. Cela commençait au petit matin : Lucius arrivait à la toilette, soit le tout premier, soit bon dernier, afin de se servir de la serviette et, si possible, du savon d'un camarade, ménageant ainsi ses propres affaires. Il parvenait à faire durer son essuie-mains deux ou plusieurs semaines. Cependant, les serviettes devaient être renouvelées tous les huit jours, ce qui donnait lieu à un contrôle de la part du surveillant général tous les lundis avant midi. Lucius accrochait donc tous les lundis matin un essuie-mains propre à son crochet numéroté, mais allait le rechercher pendant la pause de midi, le remettait méticuleusement dans ses plis, le serrait dans son coffre et le remplaçait par la vieille serviette, qu'il avait mise de côté. Son savon, très sec, ne fondait pas, en sorte qu'il en profitait longtemps. Ce qui ne veut pas dire que Lucius fût négligé : il avait toujours l'air propre, peignait avec soin ses cheveux blonds, se faisait une raie bien droite et tenait admirablement ses vêtements.

Des lavabos, on passait au déjeuner. On recevait un bol de café, un morceau de sucre et un petit pain. La plupart ne trouvaient pas cela suffisant car, après huit heures de sommeil, les jeunes gens meurent habituellement de faim. Lucius, lui, était parfaitement satisfait, mettait de côté le morceau de sucre quotidien et trouvait toujours chaland pour deux morceaux de sucre contre un pfennig ou vingt-cinq morceaux contre un cahier. Que le soir, afin d'épargner le pétrole onéreux, il travaillât à la lumière d'une lampe étrangère, cela s'entend de soi. Il n'était pourtant même pas l'enfant de pauvres gens : il sortait au contraire d'une famille tout à fait aisée; d'ailleurs en règle générale, les enfants issus de familles misérables savent rarement ménager et économiser : ils ont plutôt tendance à gaspiller tout ce qu'ils possèdent et ne connaissent guère l'épargne.

Émile Lucius ne se contentait pas d'appliquer son système à la possession et aux biens saisissables; il cherchait aussi à trouver où il le pouvait des avantages dans le domaine de l'esprit. En cela, il était assez intelligent pour ne jamais oublier que tout bien spirituel n'a qu'une valeur relative; c'est pourquoi il ne se donnait vraiment de mal que pour les disciplines dont la pratique pouvait porter des fruits dans un examen futur et se contentait modestement pour les autres d'une moyenne modérée. Ce qu'il apprenait, ce qu'il accomplissait, il le mesurait sans cesse relativement aux efforts de ses condisciples, et il eût préféré être premier avec des connaissances superficielles que second avec le double de savoir. C'est pourquoi, le soir, lorsque ses camarades se livraient à toutes sortes de passe-temps, de jeux ou de lectures, on voyait Lucius se mettre silencieusement au travail. Le bruit des autres ne le gênait absolument pas; il jetait même occasionnellement un regard amusé, sans jalousie, sur leurs ébats. Car si les autres avaient travaillé aussi, ses efforts n'eussent point été rentables.

Personne n'en voulait à ce studieux arriviste de ses ruses et de ses stratagèmes. Mais comme tous ceux qui exagèrent, comme tous ceux qui veulent abusivement profiter, il fit bientôt un pas de trop dans l'extravagance. Toutes les matières étant enseignées gratuitement au monastère, il lui vint l'idée d'en user et de se faire donner des leçons de violon. Non pas qu'il eût la moindre instruction préparatoire, un peu d'oreille ou de talent, ne fût-ce que celui de prendre un plaisir quelconque à la musique. Mais il pensait que l'on apprenait le violon comme le latin ou le calcul. La musique, avait-il entendu dire, pouvait être utile dans la vie : elle faisait de son homme un convive agréable, aimable; de toute façon, cela ne coûtait rien, et le séminaire fournissait aux élèves des violons d'étude.

Le professeur de musique, M. Haas, sentit ses cheveux se dresser sur la tête lorsque Lucius vint lui demander des leçons de violon, car il le connaissait, l'ayant comme élève à la classe de chant, où les performances de Lucius causaient à ses camarades une joie sans pareille, et mettaient le professeur au supplice. Il essaya de dissuader le garçon de ce projet; mais il comptait sans son hôte. Lucius sourit finement, modestement, en appela à son bon droit, et expliqua que son désir d'apprendre le violon était irrésistible. On lui remit donc le plus mauvais des violons d'étude, il obtint deux leçons par semaine et étudia une demi-heure par jour. Après sa première demi-heure d'exercice, ses camarades de chambre déclarèrent que cette fois était la première, mais aussi la dernière, qu'ils refusaient de supporter ces gémissements discordants. A dater de cet instant, Lucius et son violon errèrent sans repos dans le couvent, cherchant des coins tranquilles pour y étudier; il en sortait alors des sons étranges, grinçants, plaintifs, vagissants, ameutant tout le voisinage. C'était, prétendait Heilner le poète, comme si le pauvre vieux violon, torturé, demandait grâce par tous ses trous de vers. Il n'y eut aucun progrès; le professeur, exaspéré, devint nerveux et brutal. Lucius étudiait de plus en plus désespérément, et son visage de boutiquier, jusqu'ici satisfait de lui-même, commença à se marquer de rides soucieuses. Ce fut une tragédie complète, car, le professeur l'ayant déclaré parfaitement incapable et s'étant refusé à continuer les leçons, l'invraisemblable entêté, désireux de profiter au maximum des avantages qui lui étaient offerts, choisit le piano et se martyrisa pendant de longs mois infructueux, jusqu'à ce qu'il en eût enfin assez et renonçât en silence. Mais au cours des années qui suivirent, lorsqu'il était question de musique, il laissait entendre qu'il avait autrefois étudié aussi bien le violon que le piano et que, seules, les circonstances l'avaient, hélas! peu à peu éloigné de ces arts d'agrément.

La chambre avait donc souvent l'occasion de rire de ses curieux habitants, car Heilner le bel esprit faisait souvent des scènes ridicules. Karl Hamel jouait les ironiques et les observateurs facétieux. Il avait un an de plus que les autres, ce qui lui donnait une certaine supériorité; mais il ne réussit pas à prendre un rôle important : il était capricieux et éprouvait à peu près tous les huit jours le besoin d'essayer ses forces dans un pugilat, pendant lequel il devenait féroce et presque cruel.

Hans les considérait avec stupéfaction et allait tranquillement son chemin, en bon mais pacifique camarade. Il était laborieux, presque aussi laborieux que Lucius, et jouissait de l'estime de ses compagnons de chambrée, à l'exception d'Heilner, lequel, brandissant haut l'étendard de l'insouciance et du génie, le traitait moqueusement d'arriviste. D'une manière générale, tous ces garçons, en plein dans la période de rapide développement inhérente à leur âge, s'entendaient bien entre eux, quoique les règlements de comptes dans les corridors le soir ne fussent point rares. Certes, on était ardemment désireux de se sentir adulte et de justifier le vouvoiement encore inaccoutumé des professeurs par un sérieux scientifique et une bonne conduite; également, l'on considérait l'école secondaire que l'on venait de quitter avec le même dédain et la même pitié qu'un étudiant débutant son lycée. Mais par-ci par-là cette dignité artificielle était rompue par une franche gaminerie reprenant ses droits. Et les corridors résonnaient de trépignements et de gros mots garçonniers bien salés.

Pour le directeur ou le professeur d'une institution de ce genre, cela devrait être instructif et savoureux d'observer à quel point, pendant les premières semaines de vie en commun, une troupe de garçons ressemble à une émulsion chimique en train de se faire; on y voit des nuages flottants, des flocons s'agglutiner, se dissoudre, se regrouper autrement jusqu'à ce qu'il y ait un certain nombre de formations stables. Après que l'on eut surmonté la première timidité, que l'on eut appris à se mieux connaître, une sorte de mouvement ondulatoire se fit sentir et une quête des uns ou des autres; des groupes se réunirent; des amitiés et des antipathies percèrent. Il était rare que des garçons provenant du même coin du pays ou d'anciens camarades d'école s'assemblassent : la plupart se tournaient vers de nouvelles figures, les habitants des villes avec les paysans, les montagnards avec ceux des bas pays, selon un certain mécanisme des contrastes et du complémentaire. Ces jeunes êtres indécis se cherchaient individuellement et mutuellement; à côté de la conscience de l'égalité s'éveillait ainsi pour la première fois le germe d'une personnalité, surgissant des limbes de l'enfance. D'indescriptibles petites scènes d'inclination et de jalousie se jouaient, s'épanouissant en liens d'amitié, en hostilités déclarées, en dédains hautains, finissant, selon les cas, soit en relations affectueuses et promenades amicales, soit en batailles corps à corps ou combats aux poings.

Apparemment, Hans ne prenait aucune part à ces agitations. Karl Hamel lui avait offert son amitié ouvertement, avec exubérance; interdit, il avait reculé. Immédiatement après, Hamel s'était lié avec un habitant de Sparte; Hans était resté seul. Un sentiment très puissant lui faisait miroiter au loin le pays de l'amitié paré de nostalgiques couleurs et l'y poussait par une impulsion irrésistible. Mais une sorte de pudeur le retenait. A la suite de son austère vie d'enfant sans mère, la faculté de s'adapter à l'affection s'était étiolée chez lui; avant tout, il avait horreur de toute manifestation extérieure d'enthousiasme. A tout cela s'ajoutaient l'orgueil des adolescents et, enfin, son exécrable arrivisme. Il n'était pas comme Lucius : chez lui, c'était très réellement du savoir qu'il s'agissait, mais, comme ce dernier, il s'efforçait de se tenir à l'écart de tout ce qui pouvait le distraire de son travail. Il resta donc laborieusement assis à son pupitre, tout en souffrant les affres de la jalousie et du regret lorsqu'il voyait les autres jouir de leurs amitiés, Karl Hamel n'aurait pas été celui qu'il lui aurait fallu; mais si quelqu'un d'autre fût survenu et eût cherché à l'attirer à lui, Hans l'aurait suivi avec plaisir. Telle une jeune fille timide, il se tenait là et attendait qu'un autre vînt vers lui, un autre être, plus fort, plus courageux que lui, qui l'arrachât à lui-même et le forçât à être heureux.

Comme, outre les cours, il y avait beaucoup à faire, notamment en hébreu, les premières semaines passèrent vite pour les jeunes gens. Les innombrables petits lacs et étangs desquels Maulbronn est environné reflétaient, en même temps que les pâles ciels de l'automne tardif, les frênes, les bouleaux, les chênes aux feuilles mortes et les longs crépuscules; à travers les forêts aux beaux arbres se déchaînaient, avec de longs gémissements, les derniers tourbillons précurseurs de l'hiver et il y avait déjà eu plusieurs légères chutes de givre.

Le lyrique Hermann Heilner avait vainement cherché à conquérir un ami de cœur; à présent, tous les jours, pendant l'heure de la promenade, il errait seul dans les bois, de préférence vers le lac de la forêt, une mélancolique pièce d'eau couleur de terre entourée de roseaux et de vieux arbres penchant sur elle leurs couronnes de rameaux aux feuilles roussies. La beauté triste de ce coin agreste exerçait sur l'exalté une grande attraction. Ici, il pouvait, d'une badine rêveuse, faire des cercles dans l'eau dormante, lire les *Schilflieder* de Lenau, s'étendre parmi les joncs de la rive, y méditer sur le thème automnal de la mort et de la disparition, que le froissement de la chute des feuilles et le murmure des cimes dépouillées soulignaient de leurs accords désolés. Alors, le plus souvent, il sortait de sa poche un petit carnet noir pour y noter au crayon un vers ou deux.

C'est ce qu'il faisait pendant une heure claire-obscure de pause méridienne, tard en octobre, lorsque Hans Giebenrath, se promenant seul, déboucha au même endroit. Il vit le jeune poète assis sur le petit appontement en planches de la vanne, son cahier sur les genoux, suçant pensivement son crayon. Un livre ouvert gisait à ses côtés. Lentement, Hans se rapprocha.

— Salut, Heilner! Que fais-tu?

— Je lis Homère. Et toi, mon petit Giebenrath?

— Je n'en crois pas un mot. Je sais bien ce que tu fais.

— Vraiment?

— Bien sûr! Tu fais des vers.

— Penses-tu!

— Mais oui!

— Assieds-toi là!

Giebenrath s'assit près d'Heilner sur la planche, les jambes ballantes au-dessus de l'eau, regardant çà et là une feuille recroquevillée, puis une autre virer et planer doucement dans l'air froid avant de s'engloutir sans bruit dans l'eau mordorée.

— C'est triste, ici! dit Hans.

— Oui... oui!

Tous deux s'étaient étendus de tout leur long sur le dos, de sorte qu'ils ne voyaient plus du paysage d'automne que quelques cimes penchées et le ciel d'un bleu lumineux, semé d'îlots de nuages blancs dérivant doucement.

— Que ces nuages sont beaux! dit Hans, les suivant des yeux.

— Ah! Giebenrath, soupira Heilner, si seulement on pouvait être l'un de ces nuages!

— Alors quoi?

— Alors, nous voguerions là-haut, au-dessus des forêts, des villages, des cantons, des pays, comme de beaux navires. As-tu jamais vu un navire?

— Non, Heilner; et toi?

— Oh oui! Mais, grands dieux, tu ne connais rien à ces choses! Tu n'es capable que d'apprendre, de turbiner, de potasser...

— Tu me tiens pour un âne!

— Ce n'est pas ce que j'ai dit!

— Je ne suis de loin pas aussi bête que tu le penses. Mais parle-moi encore de tes bateaux.

Heilner se retourna, ce que faisant, il manqua tomber à l'eau. Maintenant, il était couché sur le ventre, le menton enfoui dans ses deux mains, soutenues sur ses coudes.

— C'est sur le Rhin, commença-t-il, que j'ai vu ces bateaux. Pendant les vacances. Une fois, un dimanche, il y avait de la musique sur le bâtiment, la nuit, et des lanternes multicolores. Les lanternes se reflétaient dans l'eau, et nous descendions le courant en musique. On buvait du vin du Rhin, et les filles avaient des robes blanches.

Hans écoutait sans mot dire, mais il avait fermé les yeux, et il voyait le bateau voguant dans la nuit d'été, avec de la musique, des lumières rouges et des filles en robes blanches. L'autre poursuivit:

— Oui! Ce n'était pas comme maintenant! Qui donc, ici, a une idée de l'existence de ces choses? Un tas de raseurs, un tas de capons! Ça se met en quatre, ça s'échine et ne voit rien au-dessus de l'alphabet hébraïque. Et toi, tu ne vaux pas mieux que les autres!

Hans se tut. Heilner était vraiment un garçon bizarre. Un emballé, un poète. Il s'était déjà souvent interrogé à son sujet. Heilner, chacun le savait, travaillait extrêmement peu; malgré cela, il était très instruit, donnait de bonnes réponses en classe, tout en affectant de mépriser ses connaissances.

— On nous fait lire Homère, railla-t-il, comme si *l'Odyssée* était un livre de cuisine. Deux vers par heure... On mâche, remâche et rumine chaque mot jusqu'à la satiété. Mais à la fin du cours, on vous dit chaque fois : « Vous voyez avec quelle finesse, quelle subtilité le poète a su exprimer cela : vous venez de faire une incursion dans le secret de la création poétique. » Juste comme ça, un peu de sauce pour faire passer les particules et les aoristes, pour qu'on n'étouffe pas tout à fait. Vu ainsi, Homère ne me tente pas. D'ailleurs, en quoi tout ce fatras grec nous intéresse-t-il? Si l'un de nous s'avisait une fois de vivre à la grecque, il serait promptement expulsé. Et avec ça, notre chambrée s'appelle Hellas! Quelle ironie! Pourquoi ne s'appelle-t-elle pas plutôt « Corbeille à papier », ou « Cage d'esclaves » ou « Tuyau de poêle »? Toute cette histoire de classicisme n'est qu'une vaste escroquerie!

Il cracha en l'air.

— Dis donc, as-tu déjà fait des vers avant? demanda Hans.

— Oui.

— Sur quoi?

— Sur ici : le lac et l'automne...

— Montre...

— Non, ce n'est pas fini.

— Mais quand ce sera fini?

— Oui, si tu y tiens...

Tous deux se levèrent et rentrèrent lentement au monastère.

— Regarde : as-tu déjà remarqué à quel point c'est beau ? demanda Heilner en passant devant le « Paradis », salles, fenêtres ogivales, cloître, réfectoires gothiques et romans... Tout cela somptueux, plein d'inventions, un travail d'artistes véritables... Et pour qui, tout cet enchantement ? Pour trois douzaines de malheureux gamins qui doivent un jour devenir pasteurs. Faut-il que l'État en ait à revendre !

Hans ne put s'empêcher de penser toute l'après-midi à Heilner. Quel curieux être ! Les soucis et les désirs que Hans pouvait avoir n'existaient pas du tout pour lui. Il avait des idées et des expressions qui lui étaient propres ; il vivait plus chaleureusement, plus librement, souffrait autrement et semblait dédaigner tout son entourage. Il sentait profondément la beauté des vieilles colonnes, des murailles. Et il avait l'art mystérieux de refléter son âme dans le miroir de ses vers, de se construire par l'imagination une vie intérieure, aussi réelle que la vie elle-même. Il était émotif, indomptable et faisait en une journée plus de plaisanteries que Hans dans toute une année. Il était mélancolique et semblait se délecter de sa tristesse comme d'une chose étrangère, rare et précieuse.

Le soir de ce même jour, Heilner donna à toute la chambrée un échantillon de sa nature changeante et excentrique. Un de ses camarades, un fanfaron et un petit esprit, du nom de Otto Wenger, se prit de querelle avec lui. Pendant un bon moment, Heilner resta calme, spirituel et supérieur ; puis il se laissa aller à lui donner une gifle et, en un clin d'œil, les deux adversaires étaient passionnément et inextricablement enlacés dans un corps à corps, avançant, reculant, décrivant des demi-cercles, glissant d'un bout à l'autre d'Hellas, vers les murs, par-dessus les chaises, roulant par terre, tous deux sans un mot, essoufflés, grognant, écumant. Les camarades les observaient d'un air critique, les évitaient, sauvaient leurs jambes, leurs pupitres, leurs lampes et, nerveux, fascinés, attendaient l'issue. Après quelques minutes, Heilner se releva péniblement, se détacha et se tint debout, reprenant haleine. Il avait l'air harassé, les yeux rougis, le col de sa chemise était déchiré, et son pantalon avait un trou au genou. Son adversaire voulait reprendre la lutte, mais Heilner resta les bras croisés, disant avec hauteur : « Je ne joue plus. Si tu veux, cogne! » Otto Wenger s'éloigna en grommelant. Heilner s'appuya à son pupitre, retourna sa lampe à pied, mit ses mains dans ses poches et sembla se remémorer quelque chose. Soudain, des larmes jaillirent de ses yeux, d'abord une à une, puis de plus en plus nombreuses. C'était inouï, car pleurer passait sans aucun doute pour ce qu'il y avait de plus honteux chez un séminariste. Mais il ne fit rien pour le cacher. Il ne quitta pas la pièce; il resta là, debout, son visage devenu très pâle tourné vers la lampe; il n'essuyait pas ses yeux, ne retira même pas ses mains de ses poches. Les autres étaient autour de lui, le regardant avec une curiosité méchante jusqu'à ce que Hartner se mît en face de lui et lui dit :

— Dis donc, Heilner, tu n'as pas honte?

Le pleureur regarda lentement autour de lui comme quelqu'un qui s'éveille d'un profond sommeil :

— Honte? Devant vous? dit-il alors avec hauteur et mépris. Non, mon bien cher...

Il s'essuya la figure, sourit avec fureur, souffla sa lampe et sortit.

Pendant toute cette scène, Hans était resté à sa place et s'était borné à jeter des coups d'œil étonnés et effrayés vers Heilner. Un quart d'heure plus tard, il s'enhardit jusqu'à se mettre à la recherche du disparu. Il le trouva dans le « dorment » sombre et froid, assis sur la corniche d'une des profondes embrasures de fenêtre, immobile, regardant le cloître. Vues de derrière, ses épaules et sa tête étroites, fines, avaient l'air singulièrement sévères et peu garçonnières. Il ne bougea pas lorsque Hans s'approcha et se tint près de la fenêtre. Ce n'est qu'au bout d'un instant qu'il demanda d'une voix enrouée, sans tourner la tête :

— Qu'y a-t-il?
— C'est moi, dit Hans timidement.
— Que veux-tu?
— Rien!
— Ah? Alors, tu peux t'en aller...

Hans, blessé, esquissa un mouvement pour se retirer. Heilner le retint.

— Attends donc! dit-il d'un ton faussement enjoué. Ce n'était pas ce que je voulais dire...

Tous deux alors se regardèrent bien en face et se virent sans doute pour la première fois tels qu'ils étaient, essayant de s'imaginer la vie intérieure se cachant derrière les traits lisses des adolescents, avec ses caractéristiques, l'âme particulière de chacun portant le sceau qu'elle s'était imprimé à elle-même.

Hermann Heilner étendit lentement son bras, saisit Hans par l'épaule et l'attira vers lui jusqu'à ce que leurs visages se touchassent presque. Puis Hans, en un sursaut d'étonnement, sentit tout à coup les lèvres de l'autre effleurer sa bouche.

Son cœur battait, il se sentait curieusement oppressé. Leur présence dans le « dorment » obscur, ce baiser inattendu avaient quelque chose d'extravagant, d'étrange, peut-être de dangereux. Il réfléchit tout à coup combien c'eût été terrible s'ils avaient été surpris; car il avait le sentiment très net que le baiser de l'autre était bien plus ridicule, bien plus honteux que les larmes de tout à l'heure. Il ne pouvait pas le dire, mais le rouge lui monta soudain au visage, et il eût donné beaucoup pour être à mille lieues.

Un adulte ayant assisté à cette scène eût peut-être pris un plaisir secret à la délicatesse pudique et gauche de cette chaste déclaration d'amitié, aux deux visages maigres, graves des garçons, tous deux beaux, pleins de promesses, tenant encore à moitié de la grâce enfantine et déjà empreints de la belle indépendance ombrageuse de l'adolescence.

Peu à peu, toute cette jeunesse s'était installée dans la vie en commun. On avait appris à se connaître entre soi, on avait une certaine notion, une certaine représentation les uns des autres, et bon nombre d'amitiés s'étaient formées. Il y avait des paires d'amis apprenant ensemble les vocables hébraïques, d'autres dessinant à deux, ou se promenant, ou lisant Schiller. Il y avait de bons latinistes et de mauvais mathématiciens s'associant avec de mauvais latinistes et de bons mathématiciens pour partager les fruits d'un travail de collaboration. Il y avait également des amitiés dont le fondement reposait sur un autre genre d'accords et de communauté de biens. C'est ainsi que le possesseur très envié du jambon avait trouvé sa moitié complémentaire dans le fils d'un jardinier de Stammheim, dont le fond de caisse contenait une belle provision de superbes pommes. Un jour, alors qu'il venait de manger du jambon, dévoré par la soif, le premier quêta auprès du second une pomme en échange de laquelle il offrit une tranche de jambon. Ils se retirèrent dans un coin; un entretien prudemment mené fit savoir que le jambon une fois fini serait remplacé et que le détenteur des pommes avait licence de puiser dans les provisions paternelles jusque tard dans le printemps; une solide liaison s'ensuivit, qui dura plus longtemps que bien des amitiés nouées dans l'enthousiasme.

Très peu étaient restés isolés; parmi eux Lucius, dont l'avare passion pour l'art atteignait à ce moment son apogée.

Il y avait aussi des paires disparates. Hermann Heilner et Hans Giebenrath passaient pour la paire la plus disparate : l'insouciant et le consciencieux, le poète et l'ambitieux. Certes, tous deux comptaient parmi les plus intelligents, les mieux doués; mais Heilner jouissait de la réputation, établie un peu par moquerie, d'être un génie, alors que l'autre répandait une sainte odeur de garçon modèle. Pourtant, on les laissa plutôt tranquilles, car chacun était très pris par sa propre amitié et restait de préférence dans son coin.

Au-dessus de ces intérêts, de ces aventures individuelles, l'école avait sa part. Mieux, elle était la grande phrase mélodique, le rythme dominant à côté desquels la musique de Lucius, les vers d'Heilner, toutes les alliances, les marchés, les batailles occasionnelles n'étaient que bagatelles et petites distractions éparses. Avant tout, il y avait l'hébreu. L'antique, le singulier langage de Jéhovah. Sous les yeux des adolescents croissait bizarrement, noueux, énigmatique, un arbre ingrat, desséché et pourtant mystérieusement vivant, remarquable par ses étonnantes ramifications, surprenant par ses floraisons curieusement colorées et étrangement parfumées. Parmi ses branches, ses racines, ses creux, habitaient, menaçants ou amicaux, des génies millénaires : d'horrifiants et fantastiques dragons, des contes naïfs et charmants, des têtes de vieillards ridées, parcheminées, austères voisinant avec de beaux jeunes hommes, des fillettes aux yeux limpides ou des femmes querelleuses. Ce qui, dans la Bible de Luther, avait eu une lointaine résonance de rêve gagnait dans la rude langue d'origine du sang, du corps, une sorte de vitalité primitive, massive, mais tenace et lourde de sens. C'est ainsi, du moins, que la voyait Heilner, lequel maudissait quotidiennement et à toute heure le Pentateuque dans son ensemble, mais découvrait en lui et en tirait plus de vie et d'âme que maints étudiants appliqués, sachant tous les vocables et ne faisant plus de faute de lecture.

Puis, le Nouveau Testament, où tout est plus tendre, plus clair, plus intime et où la langue était certes moins vieille, moins profonde, moins riche, mais débordante d'un esprit jeune, ardent, parfois rêveur.

Et l'*Odyssée*, dont les vers aux magnifiques périodes sont emportés dans le flot égal de la symétrie et desquels surgissent, tel le beau bras blanc d'une ondine, la connaissance, la notion d'une vie disparue, pure de forme, heureuse, émanant tantôt fermement, avec évidence, de quelque trait vigoureux fortement souligné, tantôt chatoyant, de certains mots ou d'un vers comme un rêve ou une intuition miraculeuse.

A côté de cet enchantement, les historiens Xénophon et Livius étaient relégués à l'arrière-plan et faisaient figure de lumières secondaires, modestes, presque sans éclat.

Hans remarqua avec stupéfaction que pour son ami, toute chose prenait un autre aspect que pour lui-même. Pour Heilner, il n'y avait rien d'abstrait, rien qu'il n'eût pu se représenter et peindre avec des couleurs imaginaires. Quand cela était irréalisable, il abandonnait la partie, découragé. Il considérait les mathématiques comme un sphinx chargé d'énigmes sournoises, dont le regard froid, maléfique, fascinait ses victimes; et il décrivait de grands arcs de cercle pour éviter le monstre.

L'amitié de ces deux jeunes gens était une curieuse sorte de rapports humains. Elle était pour Heilner un plaisir et un luxe, une commodité, ou encore un caprice; pour Hans, en revanche, elle devint très vite un trésor sur lequel il veillait avec fierté, mais aussi un grand fardeau, lourd à porter. Jusque-là, Hans avait employé les heures du soir uniquement au travail. A présent, c'était presque tous les jours que Hermann, quand il en avait assez de potasser, venait chez lui, fermait son livre et s'emparait de lui. En fin de compte, et si cher que lui fût son ami, Hans tremblait chaque soir qu'il ne vînt et, pendant les heures d'études obligatoires, mettait les bouchées doubles pour ne rien perdre. Cela devint encore plus pénible pour lui lorsque Heilner entreprit de combattre systématiquement son application.

— C'est de l'esclavage! disait-il. Tu ne fais sûrement pas tout ce travail par plaisir, librement, mais uniquement par peur des professeurs ou de ton vieux. Quels avantages retires-tu d'être premier ou second? Je suis vingtième et ne suis pas plus bête que vous, les arrivistes.

Hans fut stupéfait aussi lorsqu'il vit pour la première fois comment Heilner agissait avec ses livres de classe. Il avait oublié une fois les siens dans l'auditorium, et, voulant préparer le prochain cours de géographie, il emprunta l'atlas d'Heilner. Il vit avec horreur que ce dernier avait crayonné sur toutes les pages. La côte ouest de la péninsule ibérique avait été transformée en un profil grotesque, où le nez allait de Porto à Lisbonne et où la région du cap Finistère avait été stylisée en boucles embroussaillées, cependant que le cap Saint-Vincent dessinait la pointe bien retournée d'une grande barbe. Il en était ainsi de page en page; sur l'envers blanc des cartes, s'inscrivaient des caricatures ou des vers impertinents et moqueurs; les taches d'encre ne manquaient pas non plus. Hans était habitué à traiter ses bouquins comme des reliques ou des bijoux; il accueillait ces audaces mi comme des sacrilèges, mi comme des actions d'éclat criminelles, certes, néanmoins héroïques.

On eût pu croire que le bon Giebenrath n'était pour son ami qu'un jouet agréable, disons une espèce de chat familier; Hans lui-même le pensait parfois. Mais Heilner tenait à lui parce qu'il en avait besoin. Il avait besoin de quelqu'un à qui il pouvait se confier, qui l'écoutait, l'admirait. Il avait besoin d'un auditeur attentif, réceptif lorsqu'il tenait ses discours révolutionnaires sur l'école et la vie. Et il avait besoin aussi de quelqu'un qui le consolât, dans le giron duquel il pût s'épancher dans ses heures de mélancolie. Comme toutes ces natures, le jeune poète souffrait sans raison, un peu coquettement, de crises de tristesse, dont il faut chercher l'origine dans le silencieux adieu à l'âme enfantine, dans la grande profusion encore sans but des forces, des intuitions, des désirs, dans la trouble poussée méconnue de la puberté. Il ressentait alors une morbide nécessité d'être plaint et dorloté. Il avait été autrefois un « fils à maman »; à présent, et jusqu'à ce qu'il fût mûr pour l'amour de la femme, le docile ami lui servait de consolateur.

Souvent, le soir, malheureux à mourir, il arrivait chez Hans, l'arrachait à sa table de travail et l'entraînait dans le corridor. Et là, dans le vestibule glacé ou dans le haut oratoire assombri par le crépuscule, ils déambulaient ou s'asseyaient, frissonnants, à une fenêtre. Heilner se laissait aller alors à des plaintes désespérées, à la manière des adolescents lyriques, lecteurs de Heine, et s'enveloppait dans les vapeurs d'une tristesse un peu puérile, que Hans, en fait, ne pouvait pas bien comprendre, mais qui l'impressionnaient et, parfois, allaient jusqu'à le gagner lui-même. Le sensible bel esprit était particulièrement sujet à ce genre de crises par temps maussade et, généralement, ses lamentations, ses soupirs atteignaient à leur paroxysme les soirs où l'automne finissant couvrait le ciel de nuages de pluie, derrière lesquels, entrevue à travers les voiles mornes et les déchirures des nuées, la lune décrivait son périple. Ces soirs-là, il se vautrait dans un climat ossianique qui se fondait en une mélancolie brumeuse, déliquescente, et se déversait sur l'innocent Hans en soupirs, discours et vers.

Déprimé, tourmenté par ces scènes de désespoir, ce dernier, pendant les heures qui lui restaient, se plongeait dans le travail avec une ardeur redoublée de plus en plus pénible à soutenir. La réapparition de son vieil ennemi le mal de tête n'était pas pour l'étonner; mais qu'il eût de plus en plus fréquemment des heures d'inaction, de lassitude, qu'il lui fallût se forcer pour accomplir sa tâche, cela l'inquiétait beaucoup. Certes, il sentait obscurément que son amitié avec cet original l'épuisait, attaquait maladivement quelque partie jusqu'ici intacte de son être; mais plus Heilner était sombre et élégiaque, plus il avait pitié, et plus la conscience d'être indispensable à son ami le remplissait d'une fierté attendrie.

En même temps, il avait nettement l'intuition que ce morbide état de neurasthénie n'était que l'expression d'impulsions inutiles, malsaines, n'appartenant pas, en somme, réellement au caractère d'Heilner, pour lequel il avait une franche admiration. Quand son ami lui lisait de ses vers ou déclamait avec de grands gestes passionnés des monologues tirés de Schiller ou de Shakespeare, qu'il lui confiait ses rêves de poète, c'était pour Hans comme si ce dernier, grâce à un don magique lui manquant à lui-même, se déplaçait dans les airs, se mouvait avec une liberté divine, un emportement plein de feu, échappant à lui et à ses pareils sur des sandales ailées, tels les homériques messagers célestes. Jusqu'alors, le monde des poètes lui avait été à peu près inconnu et étranger; et voici qu'il sentait pour la première fois la puissance fallacieuse d'un bel enchaînement de mots, d'images décevantes et de rimes flatteuses; son respect pour le monde nouvellement découvert finissait par se confondre avec l'admiration qu'il portait à son ami et ne former plus qu'un seul et même sentiment.

Entre-temps, novembre était là, avec ses journées grises, éventées; le soir venait de bonne heure, et les lampes brûlaient presque constamment. Les nuits étaient très noires; des monceaux de nuages étaient chassés dans le ciel par la tempête, le vent soufflait querelleusement autour des antiques et massifs bâtiments du monastère. Les arbres n'avaient plus une feuille; seuls, les chênes majestueux, noueux, aux branches tordues et ramifiées, les rois de ce pays de forêts, murmuraient plus fort et plus maussadement que les autres en agitant leurs couronnes de feuilles recroquevillées. Heilner était tout à fait hargneux, et, depuis quelque temps, à la compagnie de Hans, préférait s'aller réfugier dans quelque chambre retirée, s'y épancher sur son violon, ou chercher noise à ses camarades.

Un soir qu'il se dirigeait vers cette chambre solitaire, il y trouva le laborieux Lucius planté devant un pupitre à musique, en train d'étudier son violon. Mécontent, Heilner s'éloigna et revint une demi-heure après. L'autre étudiait toujours.

— Tu pourrais peut-être t'arrêter! grogna Heilner. Il y a d'autres gens qui veulent étudier. De toute façon, tes grincements sont une plaie pour tout le monde.

Lucius ne voulait pas céder la place; Heilner devint brutal et, lorsque l'autre reprit tranquillement ses raclements, il renversa le pupitre avec une telle violence que le cahier de musique vola de par la chambre et que le petit meuble vint donner contre la figure du violoniste. Lucius se pencha pour ramasser sa musique.

— Je le dirai à M. l'Éphorus! dit-il avec décision.

— Bon! s'écria Heilner, furieux. Dis-lui donc, par la même occasion, que je t'ai donné aussi un coup de pied au c... et il se mit en devoir de passer à l'action.

Lucius fit en s'enfuyant un bond de côté et gagna la porte. Son adversaire se lança à ses trousses; il s'ensuivit une chasse folle, désordonnée, bruyante, à travers salles et corridors, escaliers et paliers, jusque dans l'aile la plus lointaine du monastère, où se trouvaient, au sein d'une dignité austère, les calmes appartements de l'éphorus. Heilner rattrapa le fugitif tout juste devant la porte du cabinet de travail de l'éphorus; et comme Lucius avait déjà frappé et se trouvait sur le seuil de la porte ouverte, il reçut au dernier moment le maître coup de pied promis et fut catapulté comme une bombe, sans pouvoir fermer la porte derrière lui, dans le saint des saints du grand maître.

C'était un cas sans précédent. Le lendemain matin, l'éphorus tint un grand discours sur l'irrespect de la jeunesse; Lucius l'écouta avec une attention pleine d'approbation, et Heilner fut puni d'une peine sévère d'arrêts.

— Il y a des années, tonna l'éphorus en le regardant, qu'une semblable punition n'a été prononcée ici. Je veillerai à ce que vous vous en souveniez encore dans dix ans. Quant à vous, messieurs, je vous désigne cet Heilner comme un exemple à ne pas suivre...

Toute la promotion louchait craintivement vers lui; il se tenait là, pâle, arrogant, soutenant le regard de l'éphorus. Beaucoup l'admiraient secrètement; pourtant, à la fin du cours, cependant que s'emplissaient bruyamment les couloirs, on le laissa seul, à part, comme un paria. Il fallait un vrai courage, maintenant, pour rester auprès de lui.

Hans Giebenrath ne l'eut pas plus que les autres. C'eût été son devoir, il en était conscient et il souffrait de se sentir lâche. Malheureux, l'oreille basse, il s'appuyait contre la fenêtre, n'osait lever les yeux. Il avait bien envie d'aller auprès de son ami et aurait donné beaucoup pour pouvoir le faire sans être remarqué. Mais un garçon durement puni d'arrêts est, au monastère, autant dire marqué au fer rouge. On sait qu'à dater de ce jour, il est soumis à une surveillance spéciale, qu'il est dangereux, mauvais pour la réputation d'avoir des relations avec lui. Les bienfaits que l'État répand sur ses pupilles entraînent en contrepartie une discipline aussi stricte que sévère, cela avait été dit dans le grand discours prononcé à la fête de la rentrée. Hans savait cela aussi. Et il était en proie à un conflit entre son devoir d'ami et son arrivisme. Son idéal, il faut bien le dire, était surtout d'arriver, de passer haut la main des examens célèbres et de jouer un rôle, mais pas un rôle romanesque et dangereux. Il se ramassa donc craintivement dans son coin. Il était encore temps pour lui d'en sortir et de se montrer brave, mais, d'instant en instant, cela devenait plus difficile, et, avant qu'il en eût bien la notion, sa trahison était un fait.

Heilner le remarqua parfaitement. Le jeune garçon passionné sentait qu'on l'évitait et il le comprenait. Mais il avait eu confiance en Hans. Devant la douleur et l'indignation qu'il éprouvait maintenant, les sentiments de tristesse sans raison qu'il avait eus jusque-là lui semblèrent vides et ridicules. Il s'arrêta une minute auprès de Giebenrath. Il était pâle, dédaigneux, et dit à mi-voix :

— Tu n'es qu'un lâche, Giebenrath — pouah!

Et il s'éloigna, sifflotant entre ses dents, les mains dans les poches de son pantalon.

Il était bon que d'autres pensées, d'autres occupations vinssent distraire les jeunes gens. Peu de jours après cet événement, la neige fit une première apparition, suivie d'un temps d'hiver clair et froid. On pouvait faire des boules de neige, patiner, et tous s'aperçurent soudain que Noël et les vacances étaient à la porte. On fit moins attention à Heilner. Il se promenait, silencieux, têtu, très droit, la tête haute, une expression de mépris sur son visage, ne parlait à personne et, la plupart du temps, écrivait des vers dans un cahier relié de toile cirée noire et portant un titre : « Chants d'un moine ».

Aux chênes, aux aulnes, aux hêtres, aux saules, pendaient des guirlandes de givre et de neige gelée, en figures délicates et fantastiques. Sur les étangs, le froid faisait craquer la glace limpide. La cour du cloître était pareille à quelque jardin de marbre immobile. Une agitation heureuse, une atmosphère de fête proche régnaient dans les chambres, et la joie anticipée de Noël donnait même aux professeurs compassés, irréprochables, un petit éclat de douceur et d'excitation enjouée. Parmi les professeurs et les élèves, il n'y en avait pas un seul que Noël laissât indifférent; Heilner lui-même recommença à avoir l'air moins pincé, moins misérable; et Lucius tirait des plans pour savoir quels livres et quelle paire de chaussures il emporterait en vacances. Les lettres de famille contenaient des perspectives agréables, très suggestives; des questions quant aux souhaits préférés, des rapports au sujet de journées consacrées à la pâtisserie, des allusions aux surprises et au plaisir du revoir.

Avant les vacances, la promotion, et singulièrement la chambrée Hellas, vécut une amusante historiette. On avait décidé d'inviter les professeurs à une petite fête nocturne, qui devait se dérouler à Hellas, la plus grande des chambres. On avait préparé une allocution solennelle, deux déclamations, un solo de flûte et un duo de violons. Il manquait au programme — et il fallait absolument — un numéro humoristique. On tint conseil, on discuta, on fit et rejeta des projets sans pouvoir se mettre d'accord. Sur quoi, Karl Hamel dit en passant que le plus drôle serait en somme un solo de violon par Lucius. Ce qui fut décidé. Par des supplications, des promesses, des menaces, on eut raison de la résistance du malheureux musicien. Et maintenant, le programme joint à l'invitation pleine de politesse adressée aux professeurs portait : « *Belle nuit*, lied pour violon solo, interprété par Émile Lucius, virtuose de la Chambre. » Ce dernier titre, il le devait à ses exercices obstinés dans la chambre écartée.

L'éphorus, les professeurs, les répétiteurs, le maître de musique et le surveillant général avaient été invités et vinrent à la fête. Le maître de musique eut une sueur froide lorsque Lucius, vêtu d'une redingote noire prêtée par Hartner, fit son entrée, frisé, tiré à quatre épingles, avec un sourire doux et modeste. Sa révérence, à elle seule, était déjà une invitation au rire. Sous son archet, *Belle nuit* devint une plainte torturante, un chant gémissant, douloureux; il s'y reprit à deux fois, déchiqueta, massacra la mélodie, marquant la mesure du pied, ahanant comme un bûcheron par temps de gel.

Gaiement, M. l'Éphorus fit un signe de tête au maître de musique, pâle d'exaspération.

Lorsque Lucius recommença le lied pour la troisième fois et resta court de nouveau, il laissa retomber son violon, se tourna vers l'audience et s'excusa :

— Ça ne va pas. Mais je ne joue du violon que depuis cet automne!

90

« — C'est bien, Lucius, lui cria l'éphorus. Nous vous remercions pour le mal que vous vous êtes donné. Continuez comme cela. *Per aspera ad astra!* »

Le 24 décembre, la vie et le bruit commencèrent dès trois heures du matin dans les dortoirs. Les fenêtres étaient fleuries d'une épaisse couche de fines feuilles de givre; l'eau des lavabos était gelée, et au-dessus de la cour du monastère passait un petit vent glacial; mais personne ne s'en souciait. Au réfectoire, les grands bols de café fumaient, et, bientôt, par groupes sombres, les écoliers, emmitouflés dans des manteaux et des écharpes, se dirigèrent à travers les champs faiblement lumineux et la forêt silencieuse vers la lointaine station de chemin de fer. Ils bavardaient, échangeaient des plaisanteries, riaient fort; chacun était par-devers soi pénétré de ses souhaits secrets, de sa joie et de son attente. Au loin, par tout le pays, dans les villes, les villages, les fermes isolées, ils savaient que dans des chambres bien chaudes, ornées pour la fête, les attendaient parents, frères, sœurs. Pour la plupart d'entre eux, c'était le premier Noël où ils arrivaient chez eux, venant du dehors, et ils savaient que l'on guettait leur retour avec tendresse et orgueil.

A la petite gare, au milieu de la forêt enneigée, on attendit le train par un froid sévère, et jamais on n'avait été ensemble d'humeur si complaisante et si gaie. Seul, Heilner resta solitaire, muet; et lorsque le convoi fut là, ce n'est que quand tous ses camarades furent montés qu'il alla s'installer dans un autre wagon. Au changement de train, à la station suivante, Hans l'aperçut une fois; mais le fugitif sentiment de honte et de remords disparut dans l'agitation et la joie du retour.

A la maison, il trouva son père béat et satisfait; une table bien garnie de cadeaux variés l'accueillait. Quoi qu'il en fût, il n'y eut pas à la maison Giebenrath de fête de Noël à proprement parler. Il manquait les chants, l'enthousiasme de la solennité: il manquait une mère, il manquait un arbre de Noël.

M. Giebenrath n'avait pas l'art de célébrer les fêtes. Mais il était fier de son garçon et, pour cette fois, n'avait point été chiche de cadeaux. Au reste, Hans n'avait pas été habitué autrement, il ne se sentit pas frustré.

On lui trouva mauvaise mine; il était trop maigre, trop pâle, et on lui demanda si, au séminaire, la chère était si pauvre. Il nia avec ardeur et assura qu'il allait très bien, sauf qu'il avait très souvent mal à la tête. Le pasteur de la ville le consola sur ce point : lui-même en avait souffert autrefois; et les choses en restèrent là.

Le fleuve était complètement gelé, et, pendant les jours de fête, couvert de patineurs. Hans était presque toute la journée dehors, dans un costume neuf, avec sa casquette verte de séminariste sur la tête : il avait largement dépassé ses anciens condisciples et pénétré dans un monde plus élevé qu'on lui enviait.

Sɪ l'on s'en rapportait à l'expérience, il était de règle que l'on perdît dans chaque promotion un ou plusieurs camarades au cours des quatre années de monastère. Parfois, il en mourait un : on l'enterrait avec des chants ou on le transportait, escorté d'amis, dans son pays natal. Parfois, il en était un qui se libérait par la violence ou que l'on écartait pour « offense grave ». Incidemment, il arrivait, bien que rarement, et seulement dans les classes plus âgées, qu'un garçon désemparé ne trouvât pas d'autre solution à sa détresse d'adolescent qu'une brève et sombre issue au moyen d'une balle de revolver ou d'un plongeon final.

Dans la promotion de Hans Giebenrath quelques camarades devaient être perdus; par un hasard singulier, il se fit qu'ils appartenaient tous à la chambre Hellas.

Parmi ses habitants, il y avait un humble petit bonhomme blond, du nom d'Hindinger, dit Hindou, fils d'un maître tailleur quelque part dans la diaspora d'Allgau. C'était un garçon tranquille : il ne fit un peu parler de lui que par sa disparition, et, même en cette circonstance, le moins possible. Étant le voisin de pupitre du « virtuose de la Chambre » Lucius, il avait eu avec celui-ci, à sa manière avenante et modeste, des relations plus suivies qu'avec les autres, mais n'avait pas eu d'ami, hormis ce dernier. Ce n'est que lorsqu'il ne fut plus là que l'on s'aperçut combien affectueusement l'on avait tenu à lui comme à un bon camarade sans prétention et aussi comme à un élément de calme dans la vie souvent tumultueuse de la chambrée.

Un jour, en janvier, il se joignit aux patineurs se dirigeant vers l'étang Ross. Il ne possédait pas de patins, il voulait seulement regarder. Bientôt, il eut froid et commença à battre la semelle sur la rive. Puis, il se mit à courir, se perdit un peu dans les champs et parvint à un autre petit lac, lequel, à cause de ses sources plus chaudes et d'un plus grand débit, n'était que faiblement gelé. Il traversa les joncs de la rive; et là, tout au bord, si petit et si léger qu'il fût, la glace se brisa sous son poids; il se débattit et cria encore un moment, puis fut englouti, sans avoir été vu, dans les sombres et humides abîmes.

Ce n'est qu'à deux heures, au moment où commençait la première leçon de l'après-midi, que son absence fut remarquée.

— Où est Hindinger? demanda le répétiteur.

Personne ne répondit.

— Allez voir à Hellas!

Mais on ne trouva pas trace de lui à Hellas.

— Il se sera retardé, commençons sans lui. Nous en sommes à la page 74, vers 7. Je vous avertis cependant que cet incident ne devra pas se reproduire. Vous devez être à l'heure!

Quand trois heures sonnèrent, Hindinger manquait toujours; le professeur fut pris de peur et envoya prévenir l'éphorus. Celui-ci apparut immédiatement en personne dans la classe, posa des questions, envoya ensuite dix élèves sous la conduite du surveillant et d'un répétiteur à la recherche du disparu. On dicta un devoir écrit à ceux qui restaient.

A quatre heures, le répétiteur entra sans frapper dans la classe et fit à mi-voix son rapport à l'éphorus.

— Silence! ordonna ce dernier, et les élèves se tinrent cois sur leurs bancs, le regardant avec surprise.

— Votre camarade Hindinger, poursuivit-il plus bas, semble s'être noyé dans l'étang. Il va falloir que vous aidiez à le ramener. M. le Professeur Meyer vous dirigera. Obéissez-lui point par point et n'essayez pas de vous laisser aller à la moindre initiative personnelle.

On se mit en marche, effrayés et chuchotant, le professeur en tête. De la petite ville, surgirent quelques hommes munis de cordes, de planches, de perches; ils se joignirent à la file qui se hâtait. Il faisait un froid noir; le soleil était déjà au ras des forêts.

Lorsque le petit corps raidi du garçon fut retrouvé et déposé sur un brancard dans les joncs enneigés, le crépuscule était très avancé. Les séminaristes étaient rassemblés comme des oiseaux apeurés, contemplant fixement le cadavre en frottant leurs doigts bleuis et engourdis par le froid. Ce n'est qu'en transportant et suivant silencieusement par les champs de neige leur camarade noyé que leurs âmes angoissées tressaillirent d'horreur et flairèrent la mort implacable comme le cerf évente l'ennemi.

Dans le petit groupe misérable, frissonnant, Hans Giebenrath, par hasard, marchait à côté de son ancien ami Heilner. Tous deux s'en aperçurent en même temps, ayant buté sur la même inégalité du terrain. Il est possible que la présence de la mort l'ait accablé et, pour quelques instants, convaincu de l'inanité de tout intérêt personnel; quoi qu'il en fût, lorsque Hans se vit par surprise si près du visage pâle de son ami, il ressentit une douleur inexprimablement profonde, et, d'un geste spontané, s'empara de la main de ce dernier. Heilner la lui retira avec humeur et, blessé, regarda d'un autre côté; il changea immédiatement de place et alla se perdre dans les derniers rangs du cortège.

Le cœur du garçon modèle battit de douleur et de

honte; cependant qu'il continuait son chemin en trébuchant à travers les champs gelés, il ne put empêcher ses larmes de couler sur ses joues bleuies par le froid. Il comprit qu'il est des offenses et des manquements que l'on ne peut oublier, qu'aucun repentir ne peut racheter; et il lui parut que ce n'était pas le fils du tailleur, mais son ami Heilner qui gisait là devant sur le brancard et qu'il emportait la douleur et la juste colère que lui avait causées la trahison de Hans avec lui dans l'autre monde, là où ne comptent ni certificats, ni examens, ni succès, mais uniquement la pureté ou les souillures de la conscience.

Entre-temps, on était arrivés sur la grand-route et l'on fut vite au monastère, où tous les professeurs, l'éphorus en tête, accueillirent le défunt Hindinger, lequel, vivant, à la seule idée d'un tel honneur, serait allé se cacher. Les professeurs voient un élève mort d'un tout autre œil qu'un élève vivant : ils sont soudain pénétrés pour un instant de la valeur profonde, du côté inexorablement éphémère de toute vie, de toute jeunesse, contre lesquelles ils pèchent pourtant si souvent avec une inconscience coupable.

Le soir et tout le jour suivant, la présence du discret cadavre agit comme un sortilège, adoucissant, enveloppant, voilant toute action, tout discours, en sorte que, pour cette courte période, disputes, colères, bruits et rires s'étaient escamotés, comme des ondines disparaissant pour un instant de la surface de l'eau, la laissant en apparence immobile et sans vie. Quand deux garçons parlaient entre eux du noyé, ils le désignaient toujours par son nom tout entier, car le surnom d'Hindou leur paraissait irrespectueux envers le mort. Et le paisible Hindou, qui passait autrefois si inaperçu, se confondant dans la foule, emplissait maintenant le grand couvent de son nom, parce qu'il était mort.

Le deuxième jour, le père d'Hindinger arriva, resta quelques heures seul dans la chambrette où reposait son fils, fut ensuite invité à prendre le thé chez l'éphorus et passa la nuit au Grand Cerf.

Puis, ce fut l'enterrement. Le cercueil était exposé dans le « dorment », et le tailleur d'Allgau se tenait là, debout, regardant tout le monde. C'était une vraie « silhouette de tailleur », affreusement maigre et anguleuse; il portait un habit de cérémonie verdâtre tirant sur le noir, des pantalons étriqués, usés, et tenait dans sa main un antique chapeau haut de forme. Son petit visage ravagé était préoccupé, triste, chétif comme la flamme d'un cierge dans le vent; il était empêtré dans sa timidité, son respect pour l'éphorus et MM. les Professeurs.

Au dernier moment, avant que les porteurs soulevassent le cercueil, le malheureux petit homme s'avança encore une fois et toucha le couvercle du cercueil d'un geste de tendresse humble et gauche. Puis il resta là, désemparé, luttant contre ses larmes, au milieu de la grande galerie, muet, comme un arbuste desséché par l'hiver, si abandonné et désespéré et à la merci de tout que c'était pitié de le voir. Le pasteur le prit par la main et se tint auprès de lui; il se coiffa alors de son fantastique chapeau et trottina, lui premier, derrière le cercueil, descendant l'escalier, par la cour du monastère, à travers le vieux portail, dans le pays tout blanc, au-devant du mur bas du cimetière. Cependant qu'à côté de la tombe les séminaristes chantaient un choral, la plupart — au grand déplaisir du maître de musique, au lieu de suivre du regard sa main battant la mesure — avaient les yeux tournés vers la silhouette solitaire, vulnérable du petit maître tailleur, debout dans la neige, transi, désolé, écoutant, la tête basse, les discours de l'ecclésiastique, de l'éphorus et du major de la promotion, saluant d'un signe les chanteurs avec un air absent, et, par instants, pêchant de la main gauche dans la poche de sa redingote un mouchoir qu'il ne tirait pas.

— Je ne pouvais pas m'empêcher de m'imaginer ce que ç'aurait été si ç'avait été mon père qui avait été là à sa place... dit ensuite Otto Hartner.

Les autres dirent tous :

— Oui, je pensais exactement à la même chose.

Un peu plus tard, l'éphorus vint avec le père d'Hindinger dans la chambre Hellas.

— L'un d'entre vous était-il particulièrement lié avec le défunt? demanda l'éphorus.

Au début, personne ne répondit, et le père d'Hindou jetait des coups d'œil craintifs et malheureux sur les jeunes visages. Puis Lucius s'avança, et Hindinger lui prit la main, la retint quelque temps dans la sienne, ne sut que dire et se retira bientôt après un simple salut de la tête. Là-dessus, il retourna chez lui : il en avait pour toute une longue journée de voyage à travers le clair paysage hivernal avant d'arriver à sa maison et de pouvoir raconter à sa femme dans quel endroit retiré son Karl reposait maintenant.

* *
*

Au couvent, le sortilège fut vite rompu. Les professeurs recommencèrent à gronder, les portes à claquer, et l'on pensa peu à l'« Hellène » disparu. Quelques garçons avaient pris froid en restant si longtemps auprès de l'étang fatidique et étaient à l'infirmerie ou circulaient en pantoufles, le cou emmitouflé. Hans Giebenrath n'avait été atteint ni à la gorge ni aux pieds; mais, depuis le jour du malheur, il avait l'air plus sérieux, vieilli. Quelque chose s'était modifié en lui; un adolescent émergeait du jeune garçon, et son âme, elle aussi, était transportée dans une autre région, où elle errait, pleine d'angoisse, exilée, n'ayant point trouvé le lieu de son repos. Ni l'effroi de la mort ni le deuil du bon Hindou n'en étaient la cause, mais uniquement le fait qu'il avait subitement pris conscience de ses torts envers Heilner.

Ce dernier était avec deux autres camarades à l'infirmerie, où il lui fallait avaler des tasses de thé brûlant et il avait tout le temps pour mettre de l'ordre dans les impressions que lui avait laissées la mort d'Hindinger, afin de les classer en vue de ses futurs besoins d'écrivain. Pourtant, il y paraissait peu disposé; il avait surtout l'air malade et pitoyable, n'ayant guère d'échange avec ses compagnons de misère. L'esseulement auquel il était condamné depuis sa peine des arrêts l'avait profondément blessé dans sa sensibilité et lui avait laissé une grande amertume, lui qui avait tant besoin de s'épancher. Les professeurs le contrôlaient avec sévérité, le considérant comme un esprit chagrin, un révolutionnaire; les écoliers l'évitaient, le surveillant le traitait avec une bienveillance narquoise; et ses amis Shakespeare, Schiller et Lenau lui montraient une autre vie, plus vaste, plus grandiose, que celle qui l'entourait, déprimante et démoralisante. Ses *Chants d'un moine*, qui, à l'origine, avaient été composés dans une atmosphère de solitude et de mélancolie, devinrent petit à petit une collection de vers aigres et fielleux sur le couvent, les professeurs et les condisciples. Il trouvait dans son isolement une sorte d'acide jouissance de martyr, se sentait, avec satisfaction, incompris, et, avec ses « vers d'un moine » méprisants et impitoyables, se prenait pour un petit Juvénal.

Huit jours après l'enterrement, alors que ses deux camarades étaient guéris et que le poète restait seul à l'infirmerie, Hans vint lui rendre visite. Il le salua timidement, rapprocha une chaise du lit, s'assit et s'empara de la main du malade, qui, plein d'humeur, se tourna du côté du mur et paraissait tout à fait inabordable. Mais Hans ne se laissa pas détourner de son but. Il tint fermement la main qu'il avait prise et força son ancien ami à le regarder. Ce dernier serra les lèvres avec colère.

— Que veux-tu de moi?

Hans ne laissa pas aller la main.

— Il faut que tu m'écoutes, dit-il. J'ai été lâche, je t'ai abandonné. Mais tu sais comment je suis : j'avais le ferme propos de garder la tête de ma promotion et, dans la mesure du possible, de finir comme major. Tu as appelé cela de l'arrivisme, peut-être avec raison; mais c'était mon idéal : je ne voyais rien de mieux.

Heilner gardait les yeux fermés. Et Hans poursuivit à mi-voix :

— Vois-tu, je suis désolé. Je ne sais pas si tu redeviendras un jour mon ami, mais il faut que tu me pardonnes.

Heilner se tut et n'ouvrit pas les yeux. Tout ce qu'il y avait en lui de bon et d'heureux riait à la rencontre de l'ami. Mais il s'était accoutumé à son rôle de garçon rude et solitaire, s'y complaisait et se cachait, tout au moins provisoirement, sous ce masque. Hans n'abandonna pas.

— Il faut me pardonner, Heilner! J'aime mieux être dernier que de continuer à te courir après comme cela. Si tu le veux, nous redeviendrons amis et montrerons aux autres que nous nous passons d'eux.

Heilner lui rendit alors son étreinte et ouvrit les yeux.

Peu de jours après, il quitta, lui aussi, le lit et l'infirmerie. Leur amitié replâtrée ne suscita pas peu de commentaires au couvent. Pour eux deux, cependant, ce fut une époque de semaines merveilleuses, sans incident réel, emplies d'un sentiment heureux d'affinité profonde, sans parole, intime. C'était autre chose qu'avant. La séparation, qui avait été assez longue, les avait tous deux changés; Hans était devenu plus sensible, plus chaleureux, plus enthousiaste; Heilner était devenu plus viril, plus fort; tous deux avaient été tellement privés l'un de l'autre que leur réconciliation fut pour eux un grand événement et leur apparut comme un don incomparable.

Ces deux garçons précoces eurent, sans le savoir et avec une pudeur intuitive, un avant-goût des tendres mystères d'un premier amour. Avec cela, leur liaison avait le charme un peu âpre de la virilité mûrissante et, comme assaisonnement non moins âcre, leur sentiment de défi vis-à-vis de tous leurs camarades, pour lesquels Heilner restait antipathique, Hans incompréhensible, et dont les nombreuses amitiés diverses n'étaient à cette époque que d'innocents jeux d'adolescents.

Plus Hans s'attachait avec délices et ferveur à son amitié, plus l'école lui devenait étrangère. La sensation nouvelle de son bonheur bouillonnait dans ses veines et ses pensées comme un vin doux et enivrant; Livius et même Homère en perdaient de leur importance, de leur éclat. Mais les professeurs virent avec mécontentement le jusqu'ici irréprochable élève Giebenrath se transformer en créature problématique, soumise à l'influence suspecte d'Heilner. Il n'y a rien que les professeurs redoutent davantage que les curieux symptômes qui se manifestent chez les garçons précoces à l'âge, par ailleurs périlleux, de la montée effervescente de l'adolescence. De toute façon, Heilner leur semblait déjà inquiétant depuis longtemps à cause d'un certain côté génial — entre les génies et le corps professoral, il a de toute éternité existé une faille profonde; et ceux d'entre eux qui se révèlent à l'école sont, pour les professeurs, un objet d'horreur. Pour eux, ces génies sont des mauvais garçons ignorant le respect, commençant à fumer à l'âge de quatorze ans, tombant amoureux à quinze ans, allant au café à seize ans, lisant des livres défendus, écrivant des essais impertinents, regardant à l'occasion le professeur d'un œil moqueur et qui sont notés dans les registres comme des mauvais esprits et des candidats aux arrêts. Un maître d'école préfère avoir dans sa classe plusieurs ânes qu'un seul génie. Et, à tout prendre, il a raison, car sa tâche n'est pas de développer des esprits extravagants, mais de former de bons latinistes, des mathématiciens convenables et de braves gens. Par exemple, on ne peut établir, sans penser avec honte et indignation à sa propre jeunesse, lequel des deux, du professeur ou du garçon, ou inversement, souffre plus et plus profondément; lequel est plus tyrannique, plus harcelant, et lequel abîme, mutile définitivement chez l'autre des parties entières de son âme et de sa vie. Cependant ceci ne nous regarde pas, et nous avons la consolation de savoir que, chez les êtres authentiquement géniaux, les blessures finissent toujours par se cicatriser, qu'ils deviennent des hommes et, en dépit de l'école, font de la bonne besogne; plus tard, lorsqu'ils sont morts, auréolés des nimbes flatteurs de l'éloignement, ils sont représentés par les maîtres d'école aux générations nouvelles comme des exceptions et de nobles exemples. C'est ainsi que se répète d'école en école la comédie de la lutte entre la lettre et l'esprit. Nous voyons constamment l'État et l'école s'efforcer, suant et soufflant, d'écraser dans l'œuf les quelques intelligences plus profondes, d'un plus grand prix, émergeant chaque année. Et toujours, ce sont surtout ceux qui furent haïs de leurs professeurs, ceux qui furent souvent punis, ceux qui s'échappèrent, ceux qui furent chassés, ce sont ceux-là qui, dans la suite, viennent enrichir le trésor spirituel de notre peuple. Beaucoup, cependant — et qui sait combien? — se consument dans une résistance silencieuse et disparaissent.

Selon les bons vieux principes scolaires, on employa également pour nos deux jeunes phénomènes, dès que l'on eut flairé anguille sous roche, non pas l'amour, mais un redoublement de dureté. Il n'y eut que l'éphorus, très fier de Hans en sa qualité d'hébraïsant zélé, pour faire une maladroite tentative de sauvetage. Il fit appeler le garçon dans son bureau, la belle pièce en saillie de l'ancienne demeure abbatiale, où, selon la légende, le docteur Faust, originaire de la toute proche Knittlingen, aurait vidé plus d'un verre d'elfinger. L'éphorus n'était pas un mauvais homme; il ne manquait ni de discernement ni d'une certaine intelligence pratique; il avait même, vis-à-vis des élèves, une sorte de bienveillance débonnaire, et les tutoyait avec prédilection. Son défaut principal était une grande vanité, qui l'entraînait souvent, en chaire, à de petits tours d'adresse pleins de forfanterie et ne lui permettait pas de tolérer que sa puissance et son autorité fussent mises en doute. Il ne supportait aucune interruption, n'admettait pas qu'il eût pu faire une erreur. C'est pourquoi réussissaient auprès de lui les élèves sans volonté ou les malhonnêtes; mais, précisément, ceux qui étaient forts ou francs n'avaient aucune chance, la seule allusion à une contradiction le mettant dans un état de grande irritation. Il pratiquait en virtuose le rôle de l'ami paternel, aux regards pénétrants, au ton ému : et il se mit en devoir de l'interpréter présentement.

— Prenez place, Giebenrath, dit-il affablement, après avoir serré avec effusion la main du garçon intimidé. Je voudrais avoir avec vous quelques instants d'entretien. Mais puis-je vous tutoyer?

— Je vous en prie, monsieur l'Éphorus.

— Tu as sans doute remarqué toi-même que ton travail est un peu en baisse, depuis quelque temps, tout au moins en hébreu. Jusqu'ici, tu avais été peut-être notre meilleur hébraïsant; c'est la raison pour laquelle je suis peiné de constater cette chute soudaine. Peut-être aimes-tu moins l'hébreu?

— Oh non! monsieur l'Éphorus.

— Songes-y. Ce sont des choses qui arrivent. Peut-être es-tu particulièrement attiré par quelque autre discipline?

— Non, monsieur l'Éphorus.

— Vraiment pas? Donc, il faut chercher ailleurs l'origine. Pourrais-tu me mettre sur la voie?

— Je ne sais pas... J'ai régulièrement remis mes copies.

— Bien entendu, mon cher, bien entendu! Mais *differendum est inter et inter*. Tu as naturellement fait tes devoirs, tu y étais obligé. Mais, autrefois, tu faisais mieux. Tu étais plus attentif; en tout cas, tu t'intéressais davantage à ton travail. Je me demande d'où peut bien provenir ce subit relâchement de ton ardeur. Tu n'es pas malade?

— Non.

— Ou aurais-tu mal à la tête?

— Oui, j'ai quelquefois mal à la tête.

— Le travail journalier est-il trop pénible pour toi?

— Oh non! Pas du tout!

— Ou peut-être lis-tu beaucoup pour toi-même? Sois franc!

— Non, je ne lis presque jamais, monsieur l'Éphorus.

— Alors, je ne vois pas bien ce qui se passe, cher jeune ami. Il y a quelque chose qui ne va pas. Veux-tu me promettre de faire vraiment de ton mieux?

Hans posa maladroitement sa main dans la paume tendue du tout-puissant personnage, qui le considérait avec une gravité suave.

— C'est bien, mon cher, c'est très bien. Surtout, ne te laisse pas aller, sans cela on tombe dans l'ornière!

Il serra la main de Hans, et ce dernier, poussant un soupir de soulagement, se dirigea vers la porte. Mais on le rappela.

— Encore une chose, Giebenrath. Tu vois beaucoup Heilner, n'est-ce pas?

— Oui, assez souvent.

— Plus que les autres, je crois... Ou non?

— Si... oui... Il est mon ami.

— Comment en est-ce arrivé là? Vous avez pourtant des natures très différentes...

— Je ne sais pas. Il est mon ami, voilà tout.

— Tu sais que je n'ai pas une sympathie particulière pour ton ami. C'est un esprit inquiet, mécontent; il est doué, c'est possible, mais il ne fait pas grand-chose et n'a pas sur toi une bonne influence. Je te verrais avec plaisir t'éloigner de lui... Eh bien?...

— Je ne peux pas, monsieur l'Éphorus.

— Tu ne peux pas? Pourquoi?

— Mais parce qu'il est mon ami. Je ne peux pas l'abandonner comme cela!

— Hum! Mais tu pourrais pourtant te joindre plus souvent aux autres? Tu es le seul à te livrer ainsi à la mauvaise influence de cet Heilner; et nous en voyons déjà les conséquences. Qu'est-ce qui t'attache si particulièrement à lui?

— Je ne le sais pas moi-même. Mais nous nous aimons bien, et ce serait lâche de ma part de l'abandonner.

— Bon! Bien... Naturellement, je ne te force pas... Mais j'espère qu'avec le temps tu te débarrasseras de lui. Cela me ferait plaisir... Cela me ferait plaisir!...

Ces dernières paroles n'avaient plus rien de la suavité du début. Hans pouvait s'en aller.

Dès ce moment, il se replongea dans son travail. Ce n'était assurément plus les alertes progrès d'autrefois, mais plutôt une course pénible pour se maintenir au niveau, pour, tout au moins, ne pas rester trop loin derrière. Lui aussi savait que cela provenait en partie de son amitié. Cependant, loin de voir dans celle-ci un obstacle ou un dépouillement, il la considérait comme un trésor dont la possession contrebalançait largement tout ce qui pouvait être manqué; c'était une vie plus haute, plus chaleureuse, avec laquelle l'ancienne existence insipide consacrée uniquement au travail ne pouvait soutenir la comparaison. Il en était de lui comme d'un jeune amoureux : il se sentait capable d'accomplir de grands actes d'héroïsme, mais pas l'ennuyeuse et monotone tâche quotidienne. Ainsi, il s'attelait chaque jour à sa besogne avec des soupirs de désespoir. La faire comme Heilner, qui travaillait superficiellement en s'assimilant l'essentiel avec rapidité, presque avec impétuosité, il n'y arrivait pas. Son ami l'accaparant à peu près chaque soir, pendant les heures de loisirs, il se forçait à se lever le matin une heure plus tôt et luttait, notamment, avec la grammaire hébraïque comme avec une ennemie. Il ne prenait vraiment plaisir qu'à Homère et à la leçon d'histoire. Par une intuition obscure, à tâtons, il commençait à pénétrer au cœur du monde homérique. En histoire, les héros cessèrent progressivement d'être des noms et des chiffres : ils le fixaient de leurs yeux proches, ardents, et avaient des lèvres vivantes, rouges ; chacun avait une physionomie, des mains qui lui étaient propres : une main épaisse, rêche ; une autre immobile, fraîche, de pierre ; et une autre, étroite, chaude, sillonnée de veines fines. Lors de la lecture de l'Évangile dans le texte grec, aussi, il était souvent surpris, voire stupéfait par la netteté et la proximité des silhouettes. Une fois, par exemple, au chapitre six de Marc, lorsque Jésus quitte le bateau avec ses disciples et lorsqu'il est dit : « Ils le reconnurent aussitôt et coururent vers lui », il voyait, lui aussi, le Fils de l'Homme sortir du bateau et le reconnaissait, non à sa silhouette, non à son visage, mais à la grande profondeur, à l'éclat de ses yeux pleins d'amour, à un très léger geste de salut ou, mieux, d'appel, de bienvenue de sa belle main effilée, hâlée, qui semblait formée et habitée par une âme à la fois bonne et ferme. Un morceau de rive, des eaux agitées, la proue d'une lourde barque surgissaient pendant un moment, puis toute l'image avait disparu, comme la buée d'une haleine en hiver.

De temps en temps, ce genre de chose se représentait : des livres jaillissaient avec insistance une figure, une fraction d'histoire, aspirant à revivre un instant et à voir son regard reflété dans un œil vivant. Hans acceptait cela, s'en étonnait et se sentait profondément, curieusement, métamorphosé par ces visions rapidement entrevues. C'était comme s'il avait plongé ses regards dans la terre noire ainsi qu'à travers une vitre et que Dieu l'eût regardé. Ces instants ineffables venaient sans être appelés et s'évanouissaient sans être regrettés, tels des pèlerins ou des hôtes amicaux auxquels l'on n'ose point adresser la parole, non plus que les engager à rester, car ils sont auréolés de quelque chose de mystérieux, de divin.

Il gardait pour lui ces expériences intimes et n'en parlait pas non plus à Heilner. Chez ce dernier, l'ancienne humeur noire était devenue une disposition d'esprit inquiète, caustique, l'incitant à critiquer couvent, professeurs, camarades, temps, vie des hommes et existence de Dieu, le rendant querelleur sans raison et le poussant à jouer subitement de stupides mauvais tours. Puisqu'il avait été exclu et se trouvait opposé à ses camarades, par un orgueil irréfléchi, il cherchait à amener cette situation à son point critique par des relations pleines de défi et d'hostilité. Giebenrath fut à son tour entraîné dans le mouvement, sans faire quoi que ce fût pour l'éviter; en sorte que les deux amis furent isolés de la foule; ils formaient un îlot impossible à ignorer et considéré d'un mauvais œil. Hans en était de moins en moins frappé. Si seulement il n'y avait pas eu l'éphorus, duquel il avait une crainte obscure! Ayant été autrefois son élève préféré, il était maintenant traité par lui avec défaveur; l'éphorus le négligeait ostensiblement. Et le malheur voulait qu'il eût peu à peu perdu tout goût à l'hébreu, la spécialité de l'éphorus.

Il était amusant de voir combien, en quelques mois, les quarante séminaristes s'étaient modifiés de corps et d'esprit, sauf ceux, très rares, demeurés inchangés. Un bon nombre avaient poussé fortement en hauteur, très aux dépens de la largeur; les bras et les jambes, pleins d'espoir, tendaient des articulations hors des vêtements, qui, eux, n'avaient pas grandi. Les visages exposaient toute une série de nuances entre l'enfance en voie de disparition et une timide virilité commençant à percer, et s'il en était quelques-uns dont le corps conservait les formes anguleuses de la période de croissance, du moins l'étude du Livre de Moïse avait-elle empreint leurs fronts lisses d'une mâle gravité provisoire. Les bonnes joues rondes étaient devenues des raretés.

Hans s'était, lui aussi, transformé. Par la taille et la maigreur, il avait maintenant rattrapé Heilner; il avait même l'air plus âgé que ce dernier. Les contours de son front, autrefois légèrement apparents, étaient devenus plus proéminents, ses yeux étaient plus profondément enfoncés dans leurs orbites, le visage avait une pâleur malsaine; les membres et les épaules étaient osseux et grêles.

Moins il était content lui-même de ses résultats scolaires, plus âprement il se séparait de ses camarades, sous l'influence d'Heilner. Comme il n'avait plus de raison de les regarder de haut en sa qualité d'élève modèle et de futur major, la morgue lui seyait fort mal. Mais que l'on se permît de le lui faire remarquer et qu'il le ressentît douloureusement en lui-même, cela, il ne le leur pardonnait pas. Il eut notamment souvent maille à partir avec l'irréprochable Hartner et le suffisant Otto Wenger. Ce dernier, l'ayant un jour nargué et poussé à bout, Hans s'emporta et riposta par un coup de poing. Il y eut une bataille terrible. Wenger était lâche, mais avec un adversaire aussi faible que Hans il avait toutes les chances, et il cogna sans scrupule. Heilner n'était pas présent, les autres suivirent cette scène avec une certaine complaisance, pas fâchés de voir corriger Hans. Le malheureux avait des bleus partout, saignait du nez, et les côtes lui faisaient mal. La honte, la souffrance et la colère le tinrent éveillé toute la nuit. Il cacha cette aventure à son ami, mais, à dater de ce jour, il s'isola plus complètement et n'échangea plus un mot avec ses camarades de chambrée.

Vers le printemps, sous l'influence des après-midi pluvieuses, des dimanches mouillés, des longs crépuscules, de nouvelles formations, de nouveaux mouvements se manifestèrent dans la vie du monastère. La chambre Acropole, comptant parmi ses habitants un bon pianiste et deux flûtistes, fonda deux soirées musicales par semaine; dans la chambre Germania s'ouvrit une société de lecture; enfin, quelques piétistes établirent un cercle biblique et lisaient tous les soirs un chapitre de la Bible de Calwer, y compris les notes.

Heilner se présenta comme candidat à la société de lecture de la chambre Germania et ne fut pas accepté. Il bouillait de fureur. Par vengeance, il se retourna vers le cercle biblique. On ne l'y voulait pas non plus, mais il s'imposa et sema dans les pieuses discussions de l'humble petite confrérie la discorde et la dissension par ses discours audacieux et ses allusions impies. Il en eut bientôt assez de ce divertissement, dont il conserva néanmoins assez longtemps un ton ironiquement biblique dans ses propos. Cependant, cette fois, on fit fort peu attention à lui, car la promotion tout entière se livrait avec passion au génie de l'entreprise et de la fondation.

Celui qui faisait le plus parler de lui était un « Spartiate » doué et spirituel. Il désirait, outre acquérir une notoriété personnelle, uniquement apporter un peu de vie dans la « boîte » et, à l'aide de toute espèce de plaisanteries, rompre la monotonie de leur vie laborieuse par d'amusants intermèdes. On l'avait surnommé Dunstan. Il trouva un moyen original pour faire sensation et parler de lui.

Un matin, lorsque les écoliers sortirent de leurs dortoirs, ils trouvèrent affiché à la porte de la salle d'eau un papier dans lequel, sous le titre de « Six épigrammes de Sparte », on raillait en de spirituels distiques un nombre choisi de camarades remarquables, leurs manies, leurs mauvais tours, leurs amitiés. Le couple Giebenrath-Heilner n'avait pas été épargné. Cela donna lieu à une agitation fantastique dans le petit État. On se pressait devant cette porte comme à l'entrée d'un théâtre, et toute l'assemblée bourdonnait, se heurtait, bruissait comme un essaim d'abeilles dont la reine s'apprête pour le vol nuptial.

Le lendemain matin, la porte tout entière était couverte d'épigrammes et de « xénies », contenant des ripostes, des approbations, de nouvelles attaques, sans, cependant, que l'auteur de tout ce scandale eût été assez inintelligent pour y prendre part de nouveau. Son but, mettre le feu aux poudres, avait été atteint. Presque tous les écoliers se livrèrent pendant quelques jours à cet assaut d'épigrammes ; chacun se promenait avec des airs absorbés, en proie aux affres de la composition d'un distique, et peut-être Lucius fut-il le seul qui continuât, imperturbable, à travailler. Enfin, un professeur s'aperçut de ce qui se passait et interdit la poursuite de ce jeu excitant.

L'adroit Dunstan ne se reposa pas sur ses lauriers. Il avait entre-temps préparé un grand coup. Il fit paraître le premier numéro d'une revue, polycopiée dans un minuscule format sur du papier brouillon, et pour lequel, depuis des semaines, il rassemblait des matériaux. Elle s'intitulait *Le Porc-Epic* ; c'était surtout une feuille humoristique. Un entretien, fort drôle, entre l'auteur du livre de Josué et un séminariste de Maulbronn était la pièce de résistance de ce premier numéro.

Le succès fut éclatant, et Dunstan, prenant des mines et des attitudes de rédacteur-éditeur succombant sous la besogne, jouissait au couvent à peu près de la même réputation scabreuse qu'en son temps le fameux Arétin dans la République de Venise.

A l'étonnement général, Hermann prit une part passionnée à la rédaction de la petite feuille, exerçant, en collaboration avec Dunstan, une censure satirique, caustique, ne manquant ni d'esprit ni de fiel. Le petit journal tint tout le couvent en haleine pendant quatre bonnes semaines.

Giebenrath laissa son ami agir à sa guise : lui-même n'avait ni l'envie ni les dons nécessaires pour prendre part à ce divertissement. Au début, il ne remarqua pour ainsi dire pas qu'Heilner passait souvent ses soirées à Sparte, car, depuis peu, il était très inquiet. Le jour, il errait sans but, sans montrer d'intérêt pour quoi que ce fût, travaillait lentement et sans joie. Une fois, il lui arriva, en pleine leçon, une bizarre aventure.

Le professeur l'appela pour traduire. Il ne bougea pas.

— Qu'est-ce que cela veut dire? Pourquoi ne vous levez-vous pas? s'écria le professeur avec colère.

Hans ne broncha pas. Il était assis sur le banc, tout droit, la tête un peu baissée, les yeux entrefermés. L'appel l'avait à demi éveillé de son rêve; il entendait pourtant la voix du professeur, mais comme d'une grande distance. Cela ne le concernait pas. Il était entouré d'autres personnages, d'autres mains le touchaient, d'autres voix lui parlaient, des voix basses, graves, ne disant pas de mots, mais grondant doucement, profondément, comme le ruissellement d'une chute d'eau. Et d'innombrables yeux le regardaient — de grands yeux étranges, expressifs, pleins d'éclat. Peut-être les yeux d'une foule populaire romaine, comme celle dont il était question tout à l'heure dans Livius; peut-être les yeux de gens inconnus, desquels il aurait rêvé ou qu'il aurait vus sur des images.

— Giebenrath! cria le professeur, dormez-vous?

L'écolier ouvrit lentement les yeux, les dirigea, étonné, vers le professeur et secoua négativement la tête.

— Vous dormiez! Ou seriez-vous capable de me dire à quelle phrase nous en étions?

Hans montra sur le livre : il savait parfaitement où l'on en était.

— Consentiriez-vous enfin à vous lever? demanda sarcastiquement le professeur.

Et Hans se leva.

— Qu'est-ce que vous faites? Regardez-moi!

Il regarda le professeur. Mais son regard ne plut pas à celui-ci, car il secoua la tête, intrigué.

— Êtes-vous malade, Giebenrath?

— Non, monsieur le Professeur!

— Asseyez-vous. Vous viendrez me voir chez moi à la fin du cours.

Hans s'assit et se pencha sur son Livius. Il était tout à fait éveillé et comprenait tout; mais, en même temps, son regard intérieur suivait les nombreuses silhouettes qui s'éloignaient lentement, à une grande distance, gardant fixées sur lui leurs prunelles brillantes jusqu'à ce qu'elles disparussent dans le lointain, noyées dans une sorte de brume. Pendant tout ce temps, il ne cessait d'entendre les voix du professeur et des élèves, tout à leur traduction, ainsi que tous les bruits de la classe; tout cela se faisait de plus en plus proche et finit par être aussi réel et présent que jamais. Les bancs, la chaire et le tableau étaient là, comme toujours; au mur étaient accrochés le grand cercle de bois et la grande équerre; ses camarades étaient assis autour de lui; bon nombre d'entre eux regardaient curieusement et indiscrètement de son côté. Cela eut l'heur d'effrayer Hans.

« Venez chez moi à la fin du cours », avait-il entendu dire. Grands dieux! que s'était-il passé?

A la fin de la leçon, le professeur l'appela d'un signe et l'emmena, passant entre les rangs des camarades aux yeux écarquillés.

— Dites-moi maintenant, que se passait-il? Ne dormiez-vous pas?

— Non.

— Pourquoi ne vous êtes-vous pas levé, lorsque je vous ai appelé?

— Je ne sais pas.

— Peut-être ne m'aviez-vous pas entendu? Êtes-vous dur d'oreille?

— Non! Je vous avais entendu.

— Et vous ne vous êtes pas levé? Vous aviez ensuite des yeux si bizarres! A quoi pensiez-vous?

— A rien. J'avais bien l'intention de me lever.

— Pourquoi ne l'avez-vous pas fait? Étiez-vous souffrant!

— Non.

— C'est bon. Allez!

Avant le dîner, on l'appela de nouveau et on l'emmena au dortoir, où l'attendaient l'éphorus et le médecin de l'administration. On l'examina, on l'interrogea, rien de précis n'apparut. Le médecin prit la chose avec insouciance.

— Ce sont des petites histoires de nerfs, monsieur

l'Éphorus, sourit-il doucement. Un état de faiblesse passagère, une sorte de léger vertige. Il faut veiller à ce que ce jeune homme prenne l'air chaque jour. Pour les maux de tête, je vais lui ordonner des gouttes.

A dater de ce jour, Hans dut passer chaque jour après le repas de midi une heure à l'air. Il n'y était pas opposé. Ce qui était plus grave, c'est que l'éphorus lui avait formellement interdit la compagnie d'Heilner pendant ces promenades. Ce dernier était furieux et maugréait de la belle façon, mais dut s'incliner. Ainsi, Hans alla toujours seul et y prenait un certain plaisir. C'était le début du printemps. Sur les beaux flancs arrondis des collines s'étendait, comme une vague claire, transparente, la verdure naissante; les arbres quittaient leurs silhouettes hivernales, le brun réseau aux contours nets, se fondant les uns dans les autres, en un jeu de leurs jeunes feuilles, et dans les coloris du paysage en une vaste marée ondoyante d'un vert vivace.

Autrefois, à l'école secondaire, Hans avait regardé le printemps avec d'autres yeux qu'aujourd'hui, avec plus d'animation, de curiosité, plus en détail. Il observait le retour des oiseaux, espèce par espèce, et l'ordre de succession de la floraison des arbres. Puis, dès que l'on était en mai, il commençait à pêcher. Maintenant, il ne se donnait pas la peine de faire une distinction entre les espèces d'oiseaux ou de reconnaître les arbustes à leurs boutons. Il ne voyait que la poussée générale, les couleurs, partout en bourgeons, respirait l'odeur des feuillages en train d'éclore, sentait la plus grande douceur de l'air plein d'effervescence et errait par les champs, émerveillé. Il se fatiguait vite; il résistait constamment à la tentation de s'étendre et de s'endormir; presque sans cesse, il « voyait » toutes sortes d'autres choses que celles qui l'environnaient en réalité. Ce qu'étaient à proprement parler ces choses, il ne le savait pas lui-même, et il n'y réfléchissait guère. C'étaient des rêves clairs, fragiles, insolites, l'entourant comme des images ou comme des allées d'arbres étranges, sans qu'il s'y passât quoi que ce fût. Rien que des images, uniquement à regarder; mais les regarder était en soi un événement. C'était un transfert dans une autre région, chez d'autres êtres. C'était une translation sur une terre inconnue, sur un sol plus moelleux, agréable à fouler; c'était respirer un air différent, subtil, chargé d'un parfum de rêve. A la place de ces images venait parfois un sentiment obscur, chaleureux, exaltant comme si une main impalpable glissait sur son corps avec de doux attouchements.

Hans avait grand-peine à demeurer attentif lorsqu'il lisait ou travaillait. Ce qui ne l'intéressait pas lui glissait entre les doigts comme une ombre; et s'il voulait encore savoir ses vocables hébraïques pendant le cours, il lui fallait les apprendre dans la dernière demi-heure. Il avait fréquemment et à tout moment des hallucinations corporelles, comme par exemple, lorsqu'il lisait, de voir tout à coup ce qui était décrit se matérialiser sous ses yeux, vivre, se mouvoir, bien plus « incarné » et vrai que son environnement immédiat. Cependant, il s'apercevait avec désespoir que sa mémoire ne voulait plus rien assimiler, se paralysait de jour en jour davantage, devenait de moins en moins sûre; il était submergé de temps à autre par d'anciens souvenirs, lui revenant avec une netteté surprenante qui lui semblait bizarre et inquiétante.

Au milieu d'une leçon ou pendant une lecture, son père, ou la vieille Anna, ou l'un de ses professeurs d'autrefois ou de ses condisciples surgissait dans son esprit : il était là, visible, et, pendant un moment, accaparait toute son attention. Il revivait aussi sans cesse des scènes de son séjour à Stuttgart, du concours, des vacances qui suivirent; ou bien, il se voyait avec sa canne à pêche, assis auprès du fleuve, sentait jusqu'aux exhalaisons de l'eau ensoleillée; et, en même temps, il lui semblait que cette époque dont il rêvait reculait dans la nuit des temps.

Un soir tiède, humide et sombre, il errait avec Heilner dans le « dorment » et lui parlait de chez lui, de son père, de la pêche, de son école. Son ami était étonnamment silencieux; il le laissait raconter, faisait de-ci et de-là un signe de tête et, de sa petite règle, avec laquelle il jouait tout le long du jour, il fouettait parfois pensivement l'air. Peu à peu, Hans se tut aussi; la nuit était tombée et ils s'assirent sur le rebord d'une fenêtre.

— Dis donc, Hans! commença enfin Heilner.

Sa voix était incertaine et agitée.

— Quoi donc?

— Ah!... Rien!

— Mais parle donc!

— Je pensais seulement... Parce que tu me racontais toutes ces choses...

— Et alors?

— Dis, Hans, n'as-tu jamais couru après une fille?

Un silence se fit. Ils n'avaient encore jamais parlé de ces choses. Hans en avait peur; et pourtant, ce domaine mystérieux l'attirait comme un jardin féerique. Il se sentit rougir et ses doigts tremblaient.

— Une fois seulement, dit-il très bas. Je n'étais encore qu'un gamin...

Nouveau silence.

— ... et toi, Heilner?...

Heilner soupira.

— Laisse... Vois-tu, on ne doit pas parler de ces choses. Cela n'en vaut pas la peine.

— Si... Si.

— ... J'ai une bonne amie...

— Toi? C'est vrai?

— Chez moi. La fille du voisin. Et cet hiver, je lui ai donné un baiser...

— Un baiser?

— Oui... Tu sais, il faisait déjà sombre. Le soir, sur la glace, elle m'avait permis de l'aider à retirer ses patins. C'est alors que je lui ai donné un baiser.

— Elle n'a rien dit?

— Dit?... Non. Elle s'est enfuie...

— Et ensuite?

— Ensuite?... Rien...

Il soupira encore, et Hans le considéra comme un héros sortant d'un jardin défendu.

Puis la cloche sonna : il fallut aller au lit. Hans resta éveillé plus d'une heure après que la lanterne fut éteinte et que tout fut tranquille; il pensait au baiser qu'Heilner avait donné à sa bonne amie.

Le jour suivant, il voulut encore lui en parler, mais il n'osa; et l'autre, comme Hans ne disait mot, n'eut pas le courage de reprendre lui-même cet entretien.

A l'école, cela allait de plus en plus mal pour Hans. Les professeurs commençaient à faire des figures fâchées, à lui lancer de curieux regards; l'éphorus était sombre, irritable les condisciples, aussi, avaient depuis longtemps remarqué que Giebenrath n'était plus en odeur de sainteté et avait cessé de viser le majorat. Seul, Heilner ne s'apercevait de rien, puisque, pour lui, l'école n'était pas particulièrement importante; et Hans lui-même voyait tout cela se dérouler, s'altérer sans y prêter attention.

Entre-temps, Heilner s'était lassé de la rédaction du journal et était retourné complètement à son ami. En dépit de la défense, il l'accompagna plusieurs fois dans sa promenade quotidienne, s'étendait avec lui au soleil, rêvait, lui lisait des poèmes ou faisait des plaisanteries sur l'éphorus. Hans espérait de jour en jour qu'il lui dévoilerait la suite de son aventure amoureuse, mais plus on avançait dans le temps, moins il se décidait à lui en parler le premier. Ils étaient toujours aussi mal vus des camarades, car Heilner, par ses moqueries dans *Le Porc-Epic*, ne s'était pas précisément attiré la confiance de ses condisciples.

De toute façon, le journal cessa; il s'était survécu et n'avait été, au reste, prévu que pour les ennuyeuses semaines de transition de l'hiver au printemps.

Maintenant, la belle saison naissante offrait suffisamment de distractions, avec la botanique, les promenades et les jeux de plein air. Chaque après-midi, les gymnastes, les lutteurs, les coureurs et les joueurs de balle emplissaient le préau de leurs cris et de leurs ébats.

Il s'y ajouta une histoire sensationnelle dont l'auteur et le centre fut encore Hermann Heilner, l'habituelle pierre d'achoppement.

L'éphorus avait appris qu'Heilner ne tenait aucun compte de son interdiction et accompagnait Giebenrath presque chaque jour dans sa promenade. Cette fois, il laissa Hans en paix et se borna à citer le fauteur principal, son vieil ennemi, à comparaître dans son cabinet. Il le tutoya, ce dont Heilner le pria immédiatement de ne rien faire. Il le mit en face de sa désobéissance. Heilner déclara qu'il était l'ami de Giebenrath et que personne n'avait le droit de leur défendre de se fréquenter. Il fit une scène désagréable qui eut pour résultat plusieurs heures d'arrêts pour lui et la stricte interdiction de sortir désormais avec Giebenrath.

Le jour suivant, Hans fit donc sa promenade officielle seul. Il revint à deux heures et retrouva les autres en classe. Au début du cours, on constata l'absence d'Heilner. Il en fut exactement comme lors de la disparition d'Hindou; seulement, cette fois, personne ne crut plus à un retard. A trois heures, la promotion au grand complet, accompagnée de trois professeurs, partit à la recherche du manquant. On se dispersa, on courut, on cria à travers les bois; et beaucoup, dont deux professeurs, tenaient pour vraisemblable qu'il eût attenté à ses jours.

A cinq heures, on télégraphia à tous les postes de police de la région, et une lettre urgente fut expédiée au père d'Heilner. Tard dans la soirée, on n'avait encore trouvé aucune trace du disparu; jusqu'à la nuit, on chuchota et on susurra dans les dortoirs. Parmi les écoliers, l'hypothèse de sa noyade réunissait le plus grand nombre de suffrages. D'autres

117

pensaient qu'il était tout simplement rentré chez lui. Mais il fut établi que le fugitif ne pouvait avoir d'argent.

On était persuadé que Hans était au courant de l'affaire. Il n'en était rien; il était même le plus effrayé et le plus préoccupé de tous. La nuit, au dortoir, en entendant les autres interroger, supposer, ressasser, il se recroquevilla au plus profond de ses couvertures et passa de mauvaises heures à se tourmenter et avoir peur pour son ami. Le pressentiment que ce dernier ne reviendrait plus s'empara de son cœur inquiet, l'emplissant d'une sensation douloureuse d'appréhension jusqu'à ce qu'il s'endormît, épuisé par l'angoisse.

Au même moment, Heilner était étendu à quelques kilomètres de là, dans un bosquet. Il avait froid et ne pouvait dormir. Pourtant dans un profond sentiment de délivrance, il respirait à grands coups et s'étirait, comme s'il s'était évadé d'une cage. Il s'était échappé à midi, avait acheté du pain à Knittlingen et y mordait de temps à autre, tout en contemplant à travers les branchages encore printanièrement clair-semés l'obscurité de la nuit, le ciel noir, les étoiles et les nuages. Peu lui importait où il parviendrait; au moins, il avait fui ce couvent haï et avait démontré à l'éphorus que sa volonté était plus forte que les ordres et les interdictions.

On le chercha vainement tout le jour suivant. Il passa la seconde nuit aux environs d'un village, dans les bottes de paille d'un champ. Le lendemain matin, il se dissimula de nouveau dans la forêt, et ce n'est que le soir, alors qu'il se disposait à entrer dans un village, qu'il tomba sur un gendarme. Celui-ci le reçut avec d'amicales moqueries et l'amena à la mairie, où Heilner gagna le cœur du maire par des plaisanteries et d'adroites flatteries, tant et si bien qu'il l'emmena coucher chez lui et, avant de l'envoyer au lit, le gava d'œufs et de jambon. Le jour suivant, son père, arrivé entre-temps, vint le chercher.

L'agitation était grande au monastère lorsqu'on ramena le fugitif. Mais il marchait la tête haute et ne paraissait pas du tout se repentir de son génial petit voyage. On exigea qu'il fît des excuses : il s'y refusa et se présenta devant le tribunal de la Sainte-Vehme de la convention des professeurs nullement craintif ou déférent. On avait voulu le retenir, mais la mesure était comble. Il fut honteusement renvoyé le soir même. Il n'avait pu prendre congé de son ami Giebenrath que par une rapide poignée de main.

Le grand discours que fit le lendemain l'éphorus sur cet extraordinaire cas d'insubordination fut beau et plein d'éloquence. Son rapport à l'administration centrale de Stuttgart fut beaucoup plus nuancé, plus objectif et plus faible. Il fut défendu aux séminaristes de correspondre avec le monstre disparu, ce à quoi Hans se contenta de sourire. Pendant des semaines, on parla surtout d'Heilner et de son évasion. L'éloignement, le temps écoulé modifièrent le verdict général, et nombreux furent ceux qui considérèrent plus tard le fugitif, autrefois peureusement évité, comme un aigle envolé...

La chambre Hellas avait maintenant deux pupitres vides; le dernier égaré ne fut pas oublié aussi vite que le premier. Il n'y avait que l'éphorus qui eût préféré savoir le second aussi réduit au silence et définitivement « casé ». Cependant, Heilner ne fit rien pour troubler la paix du monastère. Son ami attendit, attendit, mais il ne vint jamais de lettre de lui. Il était parti et on n'en entendit plus parler. Le personnage qu'il avait été, sa fuite firent peu à peu partie de l'histoire, puis de la légende. Le garçon passionné, après bien d'autres « traits de génie » et maintes erreurs graves, fut soumis au sévère dressage de la vie, et s'il ne devint pas un héros, du moins devint-il un homme.

Sur Hans, demeuré en arrière, pesait toujours la présomption d'avoir été au courant des projets de fuite d'Heilner. Cela lui retira d'une manière définitive la bienveillance des professeurs. L'un d'eux lui dit, alors qu'à la leçon il était resté court devant plusieurs questions :

— Pourquoi n'êtes-vous pas parti avec votre bel ami Heilner ?

L'éphorus le laissait tranquille et le regardait en coin avec la pitié méprisante du pharisien pour le publicain. Ce Giebenrath ne comptait plus : il était un paria.

Comme une marmotte qui a entassé des provisions et passe l'hiver, Hans put encore se maintenir pendant un certain temps grâce au savoir qu'il avait emmagasiné autrefois. Puis vint une pénible période d'indigence, entrecoupée de brefs et faibles faux départs, dont le côté inutile et désespéré le faisait presque sourire. Il cessa donc ses efforts, envoya Homère, le Pentateuque et l'algèbre rejoindre Xénophon, et vit sans émotion baisser par degrés sa bonne réputation auprès des professeurs, tomber de bon à assez bien, d'assez bien à passable et, enfin, à zéro. Quand il n'avait pas mal à la tête, ce qui était redevenu la règle, il pensait à Hermann Heilner, rêvait ses rêves immatériels aux grands yeux et somnolait pendant des heures dans un état de semi-engourdissement. Aux reproches multipliés de ses maîtres, il répondait depuis peu par un pauvre sourire humble. Le répétiteur Wiedrich, un jeune professeur bienveillant, était le seul auquel ce sourire désespéré fît mal, et il traitait le garçon égaré avec une bonté pleine de délicatesse. Les autres professeurs étaient outrés contre lui, le punissaient par une indifférence méprisante ou essayaient à l'occasion de réveiller son amour-propre endormi par des allusions ironiques.

— Au cas où vous ne seriez pas précisément

en train de dormir, oserais-je vous prier de lire cette phrase?

L'éphorus affichait une indignation exagérée. Cet homme vaniteux se faisait beaucoup d'illusions sur la puissance de son regard et était hors de lui lorsque Giebenrath répondait à ses roulements d'yeux majestueux et menaçants par son humble sourire soumis, qui finissait par le rendre nerveux.

— Ne souriez donc pas d'une manière aussi profondément niaise! Vous auriez plutôt des raisons de pleurer!

Une lettre paternelle, le conjurant avec affolement de se corriger, eut plus d'effet. L'éphorus avait écrit au père Giebenrath et celui-ci avait complètement perdu la tête. Sa lettre à Hans était un ramassis de toutes les expressions encourageantes ou congrûment courroucées dont disposât le brave homme, laissant, sans le vouloir, transparaître un état d'âme pitoyable et larmoyant qui fit mal au garçon.

Tous les guides de sa jeunesse, pénétrés de leur devoir, de l'éphorus au papa, en passant par les professeurs et les répétiteurs, voyaient en Hans un obstacle à leurs vœux, quelque chose de buté, d'inerte qu'il fallait forcer afin de le remettre par la violence sur le droit chemin. Aucun, sauf peut-être ce répétiteur compatissant, ne distinguait derrière l'humble sourire figé sur ce maigre visage d'adolescent la souffrance d'une âme en train de disparaître, jetant autour d'elle des regards traqués, désespérés. Et pas un seul ne pensa d'aventure que l'école, l'amour-propre barbare d'un père et de quelques professeurs étaient la cause première de l'extrémité où se débattait ce pauvre être. Pourquoi avait-il été obligé, pendant les années les plus décisives, les plus périlleuses pour un garçon, de travailler tous les jours jusque tard dans la nuit? Pourquoi lui avait-on enlevé ses lapins, l'avait-on isolé à dessein de ses camarades de l'école secondaire, lui avait-on interdit la pêche et la flânerie, et lui avait-on inoculé l'idéal vulgaire et creux d'une ambition sordide et épuisante? Pourquoi, même après l'examen, ne l'avait-on pas laissé jouir des vacances qu'il avait bien gagnées?

Et maintenant, le pauvre petit poulain surmené gisait sur le bord de la route et n'était plus utilisable.

Vers le début de l'été, le médecin de l'administration déclara encore une fois qu'il ne s'agissait que d'un état de faiblesse nerveuse, provenant surtout de la croissance. Hans devait, pendant les vacances, se soigner sérieusement, se nourrir largement, faire de longues et fréquentes promenades dans la forêt, et tout s'arrangerait.

Malheureusement, on n'arriva pas jusque-là. L'on était encore à trois semaines des vacances lorsque Hans fut fortement tancé par un professeur à la leçon de l'après-midi. Pendant que le professeur continuait sa mercuriale, Hans s'effondra sur son banc, fut pris d'un tremblement effrayant et éclata en une longue crise de violents sanglots qui interrompit complètement la leçon. Il passa ensuite une demi-journée au lit.

Quelques jours plus tard, à la leçon de mathématiques, il fut appelé au tableau pour dessiner une figure géométrique et en faire la démonstration. Il sortit du rang, mais, arrivé devant le tableau, il eut un vertige; il promena vaguement sa règle et sa craie sur le tableau, les laissa choir, se pencha pour les ramasser, tomba sur les genoux et fut incapable de se relever.

Le médecin de l'administration fut plutôt fâché que son patient se permît de ces tours. Il fut très prudent dans ses conclusions, indiqua qu'il fallait immédiatement l'envoyer en convalescence et recommanda que l'on appelât en consultation un spécialiste des nerfs.

— Il finira par avoir la danse de Saint-Guy!

glissa-t-il à l'éphorus; celui-ci opina du chef et trouva opportun d'échanger son air sévère et dur contre une expression de regrets paternelle, qui lui venait facilement et lui seyait bien.

Lui et le médecin écrivirent chacun une lettre au père de Hans, lui rendant son fils avec la responsabilité correspondante et renvoyèrent le garçon chez lui. La colère de l'éphorus était devenue une préoccupation lancinante. Qu'allait penser de ce nouveau malheur l'administration de l'école, encore toute secouée par le cas d'Heilner? A l'étonnement général, il renonça même à faire un discours approprié à l'événement, et, pendant les dernières heures de la présence de Hans, il fut avec celui-ci d'une mansuétude extraordinaire. Il était clair pour lui que ce dernier ne reviendrait pas après sa convalescence. Même s'il guérissait, il lui serait impossible, étant très retardataire, de rattraper les mois, voire les semaines perdus. Certes, il se sépara de lui avec un « au revoir » des plus encourageants; mais chaque fois que, dans les jours qui suivirent, il entrait dans la chambre Hellas et voyait les trois pupitres inoccupés, il se sentait péniblement affecté et avait bien du mal à faire taire en lui le sentiment qu'il avait bien quelque part dans la disparition de deux élèves particulièrement doués. Comme il était un homme particulièrement courageux et fort moralement, il réussit pourtant à bannir de son esprit ce doute obscur et inutile.

Derrière le séminariste qui s'éloignait, muni de son sac de voyage, disparut le monastère avec ses églises, ses portails, ses clochers et ses tours, s'évanouirent les forêts et les chaînes de collines; à leur place surgirent les fertiles prairies et les vergers féconds de la région bordant la frontière badoise; puis ce fut Pforzheim, et tout de suite après, commencèrent les montagnes bleu-noir couvertes de forêts de sapins de la Forêt-Noire, coupées d'innombrables vallons que sillonnaient des torrents et, dans le rayonnement chaud de l'été, plus bleues, plus fraîches, plus ombreuses que jamais. Le garçon regardait non sans plaisir se dérouler sous ses yeux le paysage changeant, devenant de plus en plus familier, jusqu'à ce que, plus très loin de sa ville natale, il se souvînt brusquement de son père et que l'appréhension de la réception vînt gâcher complètement la petite joie que lui avait procurée le trajet. Il repensa à son voyage à Stuttgart pour l'examen, à celui de son entrée à Maulbronn et, en même temps, à l'agitation, à la joie légèrement anxieuse qu'il en avait éprouvée. Pourquoi tout cela, en somme? Il savait aussi bien que l'éphorus qu'il ne reviendrait plus et que, maintenant, c'en était fait du séminaire, des études et de tous ses espoirs ambitieux. Pourtant, en cet instant, cela ne l'attristait pas; le cœur lui pesait surtout à cause de la déception de son père, duquel il avait trompé l'attente. Pour lui, il n'avait plus d'autre désir que de se reposer, de dormir, de pleurer, de rêver tout son saoul et, après toute cette torture, d'être enfin laissé en paix. Et il craignait ne pas trouver cela à la maison, chez son père. Vers la fin du voyage, il fut pris d'un violent mal de tête et ne regarda plus par la fenêtre, bien que l'on traversât maintenant la région qu'il aimait le mieux, dont il avait autrefois parcouru, plein d'enthousiasme, les cimes et les forêts. Pour un peu, il oubliait de descendre du train à la petite gare familière de sa ville natale.

Et il était là, avec son parapluie et son sac de voyage, subissant l'examen de son père. Le dernier rapport de l'éphorus avait transformé la déconvenue et le courroux de celui-ci au sujet de l'échec de son fils en un effroi sans nom. Il s'était figuré un Hans en plein état de déchéance physique, avec une mine navrante; or, il le trouvait certes très amaigri et affaibli, mais il était entier et debout sur ses jambes. Cela le consola un peu. Le plus terrible, pourtant, était sa peur cachée, son horreur de la maladie nerveuse dont avaient parlé le médecin et l'éphorus. Jusqu'à ce jour, dans sa famille, on avait toujours parlé de ces maladies en les tournant en dérision, avec scepticisme ou, encore, avec une supériorité méprisante, comme des fous internés à l'asile; et voici que son Hans lui revenait avec une de ces histoires...

Le premier jour, le garçon s'était réjoui de n'avoir pas été accueilli par des reproches. Puis il s'aperçut des ménagements timides et embarrassés dont l'entourait son père, et pour lesquels il se faisait visiblement violence. En passant, il remarqua aussi qu'il le regardait avec des yeux bizarrement attentifs, une curiosité anxieuse. Lui-même n'en devint que plus farouche, et une vague peur de son propre état commença à l'obséder.

Par beau temps, il restait des heures étendu dehors, dans la forêt : cela lui faisait du bien. Un faible reflet de ses joies enfantines d'autrefois effleurait pourtant de temps en temps son âme malade : le plaisir qu'il prenait à des fleurs ou à des coléoptères, à épier des oiseaux ou à relever des pistes de gibier. Mais ce n'étaient que des instants. Généralement, il gisait paresseusement dans la mousse, la tête lourde, essayant sans succès de penser à quelque chose jusqu'à ce que ses rêves revinssent s'emparer de lui pour l'emporter dans d'autres espaces.

Un jour, il eut le rêve suivant : il voyait son ami Hermann Heilner étendu mort sur un brancard et voulait aller vers lui; mais l'éphorus et les professeurs le repoussaient et, à chaque nouvelle tentative pour passer outre, le bourraient de coups douloureux. Il n'y avait pas que les professeurs de séminaire et les répétiteurs, mais aussi le recteur et les examinateurs de Stuttgart, tous avec des figures fâchées. Soudain, tout changea;

c'était Hindou noyé qui gisait sur le brancard et son père, si ridicule, avec son grand haut-de-forme, se tenait tristement auprès de lui sur ses jambes torses.

Encore un rêve : il courait dans la forêt à la poursuite d'Heilner le fugitif; il l'entrevoyait constamment au loin parmi les arbres, et juste au moment où il allait l'appeler, il disparaissait. Enfin, Heilner s'arrêtait, le laissait approcher et disait : « Dis donc, j'ai une bonne amie... » et riait démesurément fort pour disparaître encore dans les sous-bois.

Il voyait un homme beau et maigre descendre d'un bateau : il avait des yeux sereins, divins et de belles mains pleines de paix; il courait vers lui. Tout se brouilla de nouveau, et il réfléchit à ce que cela pouvait être lorsque lui revint en mémoire le passage de l'Évangile où il est dit : « Ils le reconnurent aussitôt et coururent vers Lui. » Et maintenant, il fallait absolument qu'il se souvînt à quelle forme de conjugaison appartenait περιέδραμον et comment se disaient présent, infinitif, parfait et futur de ce verbe; il lui fallait aussi le conjuguer d'un bout à l'autre au singulier, au « dual », au pluriel, et il était baigné de sueurs d'angoisse dès qu'il hésitait. Quand il revenait à lui, il avait l'impression que sa tête n'était plus qu'une plaie à l'intérieur; et lorsque son visage s'étirait machinalement en ce sourire somnolent de la résignation et du sens de sa culpabilité, il entendait aussitôt l'éphorus : « Que veut dire ce sourire niais? Vraiment, il vous sied bien de rire! »

D'une manière générale, malgré quelques journées moins mauvaises, aucun mieux ne se manifestait dans l'état de Hans; cela avait même plutôt l'air d'empirer. Le médecin de famille, qui avait en son temps soigné et constaté la mort de la mère de Hans et que visitait le père, souffrant parfois d'arthritisme, faisait une mine longue et réservait de jour en jour son diagnostic définitif.

Ce n'est qu'au cours de ces semaines que Hans s'aperçut que, durant les deux dernières années d'école secondaire, il n'avait plus eu d'amis. Les camarades de cette époque étaient partis, ou il les voyait aller et venir en leur capacité d'apprentis; rien ne le liait à aucun d'entre eux, il n'avait que faire auprès d'eux, et aucun ne s'inquiétait de lui. Par deux fois, le vieux recteur échangea avec lui quelques mots aimables; le professeur de latin et le pasteur de la ville le saluaient dans la rue avec bienveillance; mais, en fait, Hans ne les intéressait plus. Il n'était plus un récipient dans lequel on pouvait entasser pêle-mêle toutes sortes de choses; il n'était plus un sol à ensemencer de mille semences diverses; cela ne valait plus la peine de lui consacrer du temps et des efforts.

Peut-être eût-il été bon que le pasteur de la ville se préoccupât un peu de lui. Mais qu'eût-il fait? Ce qu'il était en son pouvoir de donner, la science, ou, du moins, la recherche de la science, il n'en avait pas privé l'enfant autrefois, et il n'avait rien d'autre à lui offrir. Il n'était pas de ces pasteurs du latin desquels on a des raisons de douter, dont les sermons sont puisés à des sources connues, mais chez lesquels on va volontiers dans les moments difficiles, parce qu'ils ont de bons yeux et des paroles affectueuses pour tout ce qui souffre. Le père Giebenrath non plus n'était ni un ami ni un consolateur, malgré le mal qu'il se donnait pour cacher son chagrin et sa déconvenue à Hans.

Celui-ci se sentait donc abandonné, pas aimé; il s'asseyait au soleil dans le petit jardin, ou allait s'étendre dans la forêt, en proie à ses rêveries ou à ses pensées morbides. Il ne pouvait pas recourir à la lecture : cela lui donnait chaque fois mal à la tête et aux yeux, et de chaque livre surgissait le spectre de sa vie au monastère, des angoisses qu'il y avait ressenties, l'acculant impitoyablement dans un coin de rêve anxieux, oppressant, et l'y maintenant de ses yeux fulgurants.

Dans cette détresse et cette solitude, un autre spectre vint s'emparer du garçon malade, tel un consolateur fallacieux, avec lequel il se familiarisa par degrés jusqu'à ne plus pouvoir s'en passer : c'était l'idée de la mort. Il serait si facile de se procurer, par exemple, une arme à feu ou d'accrocher quelque part dans la forêt une corde avec un nœud coulant ! Ces idées l'accompagnaient presque chaque jour dans ses marches ; il rechercha des lieux isolés, écartés, et finit par découvrir un endroit où il ferait bon mourir, qu'il destina définitivement à être le lieu de sa mort. Il y retournait constamment et trouvait un plaisir étrange à se dire qu'un jour tout proche on le retrouverait là, mort. La branche pour accrocher la corde était choisie, et sa solidité avait été éprouvée ; il n'y avait plus aucun obstacle ; un peu plus tard furent écrites une courte lettre au père et une très longue à Heilner que l'on devait retrouver auprès du corps.

Ces préparatifs et l'espèce de sentiment de sécurité qui en découlait exercèrent sur son humeur une action bienfaisante. Assis sous la branche fatidique, il avait eu des heures où le poids de la vie l'avait quitté et où une sensation presque heureuse de bien-être l'avait envahi.

La raison pour laquelle il ne pendait pas depuis longtemps à cette branche, il l'ignorait lui-même. Il avait pris sa décision, sa mort était une chose résolue ; du coup, il se sentait provisoirement tranquille et ne dédaignait pas, dans ces derniers jours, de profiter de la belle lumière du soleil et de ses rêveries solitaires, comme on le fait de préférence avant quelque lointain voyage. Il pouvait s'en aller n'importe quand : tout était prêt. Il trouvait aussi une sorte de jouissance amère à s'arrêter volontairement encore quelque temps dans ces environs familiers, de regarder en face des gens n'ayant pas la moindre notion de sa dangereuse résolution. Chaque fois qu'il rencontrait le médecin, il ne pouvait s'empêcher de penser : « Eh bien! Tu en feras, une tête, toi! »

Le destin lui permit de savourer le charme funèbre de ses sinistres projets et veilla à ce qu'il puisât chaque jour dans le calice de la mort quelques gouttes de plaisir et de force vive. Il se peut qu'il attachât peu d'importance à ce jeune être mutilé. Mais il fallait d'abord qu'il accomplît son cycle et ne disparût point de l'arène avant d'avoir goûté encore un peu aux âcres délices de la vie.

Les perpétuelles et torturantes hallucinations se firent plus rares et cédèrent la place à un abandon épuisé de soi-même, une impression de lassitude indolore, du sein de laquelle Hans voyait passer les heures et les jours, la tête vide, regardant dans le vague avec une indifférence parfaite, et apparaissant parfois comme un somnambule ou comme s'il était retombé en enfance. Dans cet état de semi-léthargie, il était un jour assis dans le jardinet sous le sapin et fredonnait sans cesse un vieux refrain, souvenir de l'école secondaire, dont il s'était tout à coup rappelé :

> Ah! je suis si fatigué!
> Ah! je suis si las!
> Point d'argent dans l'port'monnaie
> Et point non plus en poche!

Il le fredonnait sur un vieil air et ne pensait à rien en le reprenant pour la vingtième fois. Mais son père, qui se trouvait près de la fenêtre, l'entendit et en conçut une grande frayeur. Ce chant monotone, d'une indifférence un peu hébétée, lui était tout à fait compréhensible et il le prit pour un signe certain d'une faiblesse d'esprit sans espoir. A dater de cet instant, il observa son fils avec encore plus de crainte; celui-ci s'en aperçut et, naturellement, en souffrit. Pourtant, il ne se décidait toujours pas à emporter une corde et à faire usage de la fameuse branche solide.

Entre-temps, la saison chaude était venue; depuis le concours et les vacances qui suivirent, un an s'était écoulé. Hans y songeait parfois, pourtant sans émotion particulière : il était devenu assez apathique. Il se serait volontiers remis à la pêche, mais il n'osait le demander à son père. Cela le harcelait chaque fois qu'il se trouvait au bord de l'eau. Parfois, il passait de longs moments sur la rive, là où personne ne le voyait, et suivait avec des yeux ardents les mouvements des sombres poissons et leurs évolutions silencieuses. Vers le soir, il allait tous les jours en amont se baigner, ce que faisant, il longeait régulièrement la petite maison de l'inspecteur Gessler; il découvrit ainsi par hasard qu'Emma Gessler, pour laquelle il avait soupiré trois ans auparavant, était rentrée chez elle. Il la suivit plusieurs fois des yeux avec curiosité, mais elle ne lui plaisait plus autant qu'autrefois. A cette époque, elle avait été une très mignonne fillette, aux membres graciles; maintenant, elle avait grandi, ses gestes étaient anguleux, elle portait une coiffure de grande personne à la dernière mode qui la transformait complètement. Les robes longues lui seyaient mal, et les efforts qu'elle faisait pour se donner des airs de dame étaient plutôt malheureux. Hans la trouvait ridicule; en même temps, cela lui faisait de la peine lorsqu'il se rappelait le sentiment si obscurément doux, chaleureux, qui l'envahissait jadis quand il la voyait. D'ailleurs, jadis, tout était différent, tellement plus beau, plus gai, plus vivant! Il y avait si longtemps qu'il ne connaissait plus que latin, grec, histoire, examen, séminaire et maux de tête. Jadis, il y avait eu des livres de contes et d'aventures; il y avait au jardinet un petit moulin construit de ses propres mains et qui fonctionnait; et, le soir, il allait écouter avec les autres les histoires fantastiques de la Lise, devant la porte des Naschold; il avait, à cette époque, considéré leur vieux voisin Grossjohann, dit Garibaldi, comme un assassin et en avait rêvé; et tout le long de l'année, il avait pu se réjouir chaque mois de quelque chose de différent : de la fenaison, de la fauchaison des trèfles; puis, encore, de la pêche, de la chasse aux écrevisses, de la récolte du houblon, du ramassage des prunes, des feux de fanes de pommes de terre, du battage du grain et, entre-temps, de chaque beau jour de congé ensoleillé. Et puis, il y avait une masse de choses qui l'attiraient par leur mystère enchanteur : des maisons, des rues, des escaliers, des greniers, des granges, des fontaines, des haies; des hommes et des animaux de toutes sortes lui avaient été chers, familiers ou chargés d'un attrait énigmatique. Il avait aidé à la cueillette du houblon et entendu chanter les grandes filles, avait retenu de leurs chansons certaines strophes, la plupart d'une drôlerie irrésistible, à rire aux éclats, quelques-unes bizarrement tristes, au point qu'en les entendant on en avait la gorge serrée.

Tout cela s'était évanoui, avait disparu sans qu'il s'en fût aperçu au moment même. D'abord, ç'avaient été les soirées chez la Lise qui avaient cessé; puis la capture des truites dorées le dimanche matin, puis la lecture des contes, et puis toutes choses, l'une après l'autre, y compris la cueillette du houblon et le petit moulin du jardin. Oh! où donc tout cela s'était-il envolé?

Et il advint que cet adolescent précoce vécût à présent, dans ces jours de maladie, une seconde enfance imaginaire. Son âme, frustrée précisément de cette enfance, se réfugia maintenant avec une nostalgie soudaine dans les belles années de rêves et erra, envoûtée, dans une forêt de souvenirs, dont la puissance et la netteté étaient peut-être morbides. Il les revivait tous avec non moins de chaleur et de passion qu'il les avait jadis vécus en réalité. Cette enfance bafouée, violée, jaillit en lui comme une source trop longtemps refoulée.

Quand un arbre est écimé, il pousse volontiers de nouveaux surgeons près de ses racines; c'est ainsi qu'une âme atteinte par la maladie et mutilée au moment de son épanouissement, souvent retourne à l'époque printanière des commencements, à ses tendres années innocentes, comme si elle pouvait découvrir là une nouvelle source d'espérance et renouer le fil brisé de l'existence. Les surgeons prospèrent rapidement, pleins de sève, mais d'une vie trompeuse : il n'en sortira jamais un arbre véritable.

Il en fut ainsi de Hans; et c'est pourquoi il est indispensable de le suivre un peu dans les chemins de rêve de sa vie d'enfant.

La maison Giebenrath était toute proche du vieux pont de pierre, formant l'angle entre deux rues très différentes l'une de l'autre. L'une, à laquelle appartenait la maison numériquement parlant, était la plus longue, la plus large, la plus aristocratique de la ville et s'appelait la Gerbergasse. La deuxième allait en direction de la montagne, était courte, étroite et misérable et se nommait « Zum Falken » (Au faucon), d'après une antique auberge, aujourd'hui disparue, dont l'enseigne avait été un faucon.

La Gerbergasse était habitée, dans toutes ses maisons, par une quantité de bons vieux bourgeois posés, des gens possédant leurs propres demeures, leurs propres places à l'église, leurs propres jardins, lesquels s'étendaient derrière les maisons en terrasses à flanc de montagne, et dont les clôtures, érigées dans les années soixante-dix, longeaient le talus du chemin de fer couvert de genêts jaunes. En ce qui concerne la belle allure, ne pouvait rivaliser avec la Gerbergasse que la place du Marché, où se trouvaient l'église, les bureaux des services publics, le Palais de justice, l'hôtel de ville, le doyenné, lesquels, par leur apparence digne et nette, suggéraient une noblesse toute citadine. Certes, la Gerbergasse ne possédait aucun immeuble administratif, mais des habitations bourgeoises, vieilles ou neuves, d'imposantes portes cochères, de jolies maisons artisanales à l'ancienne mode, de charmants pignons clairs. Le fait qu'elle ne fût composée que d'une rangée de maisons lui conférait un aspect aimable, confortable, lumineux, car de l'autre côté de la rue coulait la rivière, au pied d'un mur surmonté d'un parapet à balustres.

Si la Gerbergasse était longue, large, vaste et aristocratique, le « Falken » était tout l'opposé. Il s'y trouvait des maisons mal venues, noircies, au crépi taché et écaillé, des pignons de travers, des portes et des fenêtres cent fois réparées, des cheminées tordues et des gouttières en mauvais état. Les maisons se disputaient la lumière et l'espace; la rue était étroite, curieusement incurvée et constamment plongée dans une sorte de pénombre, se transformant par temps de pluie ou après le coucher du soleil en un demi-jour humide et sale. A toutes les fenêtres pendait du linge, accroché à des ficelles ou à des barres; car, si petite et si misérable que fût la rue, de nombreuses familles l'habitaient, sans parler des sous-locataires et de ceux qui ne faisaient qu'y occuper un lit. Tous les coins et recoins de ces maisons de guingois étaient habités au maximum; la misère, le vice et la maladie y régnaient en maîtres. S'il survenait du typhus, c'était là. Quand, par hasard, un meurtre avait lieu, c'était là aussi; et si un vol était commis en ville, c'était au « Falken » que l'on cherchait d'abord. Les colporteurs et les marchands forains y avaient leur pied-à-terre, parmi eux l'amusant vendeur de poudre à reluire Hottehotte et le rémouleur Adam Hittel, que l'on accusait de tous les crimes et de tous les vices.

134

Pendant ses premières années d'école, Hans avait été un habitué du « Falken ». En compagnie d'une clique douteuse de voyous blond paille et déchirés, il avait écouté les histoires de brigands de la fameuse Lotte Frohmuller. Celle-ci était la femme divorcée d'un petit aubergiste et avait cinq ans de prison à son actif; elle avait été autrefois une beauté célèbre, avait eu maints « amis » parmi les fabricants et avait été souvent la cause de scandales et de coups de couteau. Maintenant, elle vivait solitaire, et, à la fermeture des fabriques, passait ses soirées à faire du café et à raconter des histoires, laissant sa porte grande ouverte; outre les femmes et les jeunes travailleurs debout sur son seuil, une troupe d'enfants l'écoutaient, ravis et horrifiés. Sur le petit foyer noirci, de l'eau bouillait dans une marmite, une chandelle de suif brûlait non loin et éclairait en même temps que la flamme bleuâtre du petit feu de charbon la sombre pièce encombrée de ses lueurs vacillantes, projetant contre murs et plafond les ombres monstrueuses des auditeurs, l'emplissant d'une vie fantasmagorique.

C'est là que le gamin de huit ans avait fait la connaissance des deux frères Finkenbein et avait entretenu avec eux des relations d'amitié pendant près d'un an, malgré la sévère interdiction paternelle. Ils se nommaient Dolf et Émile et étaient les galopins les plus déchirés de la ville, célèbres par leurs vols de fruits et de menus délits forestiers, passés maîtres en d'innombrables tours d'adresse et farces bien conçues. Ils y ajoutaient le commerce des œufs d'oiseaux, des petits plombs, des jeunes corbeaux, des sansonnets et des lièvres, posaient, en dépit de toutes les défenses, des lignes de fond et étaient chez eux dans tous les jardins de la ville, car pas une grille n'était assez pointue, pas un mur n'était assez étroitement hérissé de tessons de bouteilles pour les empêcher de les franchir avec la plus grande aisance.

Ce fut surtout à Hermann Rechtenheil, qui habitait aussi au Falken, que Hans s'attacha. C'était un orphelin, un enfant malade, précoce, curieux. L'une de ses jambes étant plus courte que l'autre, il ne pouvait marcher sans une béquille et ne se mêlait pas aux jeux de la rue. Il était chétif, avait un visage souffreteux et pâle, avec une bouche prématurément amère et un menton trop pointu. Il était extraordinairement habile de ses mains, et il avait notamment une passion violente pour la pêche à la ligne, qu'il communiqua à Hans. Celui-ci n'avait pas à cette époque de permis de pêche; ils se livraient néanmoins à leur sport favori en des endroits écartés; et si la chasse est un plaisir, personne n'ignore que braconner est une singulière jouissance. Rechtenheil le contrefait enseigna à Hans à couper la canne qu'il fallait, à tresser le crin, à teindre la ligne, à préparer les nœuds, à aiguiser les hameçons. Il lui apprit aussi à reconnaître le temps, à observer et troubler l'eau avec du son, à choisir l'appât qui convenait et à l'attacher comme il le fallait; il lui apprit à distinguer les différentes espèces de poissons, à épier le poisson pendant la pêche, à maintenir la ligne à la profondeur requise. Il lui enseigna sans parole, uniquement par l'exemple, en le lui montrant, le tour de main et la subtile intuition du moment où il faut « tirer » ou « laisser aller ». Il méprisait et raillait les cannes achetées dans les magasins, les bouchons, les lignes et tous ces accessoires artificiels de la pêche et convainquit Hans qu'il était impossible de pêcher avec une ligne dont l'on n'aurait pas entièrement confectionné et monté soi-même les divers éléments.

Hans se sépara des frères Finkenbein dans un accès de colère. Le silencieux infirme Rechtenheil le quitta sans dispute. Il s'étendit un jour de février dans son misérable petit lit, posa sa béquille sur ses vêtements pliés sur une chaise, eut un accès de fièvre et mourut vite et sans bruit; la Falkengasse l'oublia aussitôt. Seul, Hans lui garda longtemps un bon souvenir.

Mais la liste des extraordinaires habitants du « Falken » n'était de loin pas épuisée. Qui ne connaissait le facteur Rötteler, renvoyé pour ivrognerie invétérée, que l'on retrouvait tous les quinze jours ivre mort dans le ruisseau, ou qui se livrait à des scandales nocturnes, tout en étant par ailleurs docile comme un enfant, et se promenait, souriant sans cesse avec bienveillance? Il permettait à Hans de puiser dans sa tabatière ovale, se faisait, à l'occasion, donner par lui un poisson, qu'il faisait cuire dans du beurre en invitant Hans à le déguster avec lui. Il possédait un busard empaillé, avec de gros yeux de verre, et une vieille montre à musique aux fines sonorités de rêve, qui jouait un petit air de danse démodé. Et qui ne connaissait le très vieux mécanicien Porsch, qui portait toujours manchettes, même lorsqu'il circulait pieds nus? Étant le fils d'un sévère instituteur de la vieille école, il savait par cœur la moitié de la Bible et une grande quantité de proverbes et de maximes morales; mais ni ceci ni ses cheveux blancs ne l'empêchaient de jouer les galants auprès du beau sexe et de se griser plus souvent qu'à son tour. Quand il était un peu parti, il s'asseyait de préférence sur la borne au coin de la maison Giebenrath, interpellait tous les passants par leurs noms et ne leur épargnait pas les aphorismes.

— Hans Giebenrath junior, mon cher fils, écoute mes paroles! Qu'a dit Sirach? Heureux celui qui ne donne pas de mauvais conseils et qui n'en a pas mauvaise conscience! Comme des feuilles vertes d'un bel arbre, desquelles il en est qui tombent, il en est qui repoussent, ainsi en est-il des gens : il en est qui meurent, il en est qui naissent. Bien, maintenant, tu peux rentrer chez toi, vieux loup de mer!

Ce vieux Porsch, sans préjudice de ses citations pieuses, était plein de ténébreuses et légendaires histoires de fantômes ou du même genre. Il connaissait les endroits hantés et hésitait constamment entre la crédulité et le scepticisme au sujet de ses propres histoires. En général, il commençait d'un ton ambigu, hâbleur, condescendant, comme s'il se moquait de l'histoire autant que de ses auditeurs; mais, au fur et à mesure qu'il avançait dans son récit, il se recroquevillait sur lui-même craintivement, baissait la voix et finissait presque bas, sur un mode émouvant à vous donner la chair de poule.

Que cette ruelle ne contenait-elle pas de mystérieux, d'impénétrable, de sinistrement attirant? C'était là aussi, après que son affaire et son atelier négligé eurent été entièrement dévorés, qu'était venu habiter le serrurier Brendle. Il passait des journées à sa fenêtre, regardant sombrement dans la rue; et, de temps à autre, si l'un des enfants loqueteux et sales des maisons voisines lui tombait entre les mains, il le tourmentait avec une joie sadique, lui tirant les oreilles et les cheveux, le pinçant sauvagement par tout le corps. Un beau jour, cependant, il s'était pendu dans son escalier à un morceau de fil de fer et était si affreux à voir que personne n'osa l'approcher, jusqu'à ce que le vieux mécanicien Porsch eût coupé de derrière le fil de fer avec des cisailles, sur quoi le cadavre, avec sa langue tirée, tomba en avant et dégringola l'escalier, au milieu des assistants horrifiés.

Chaque fois que Hans quittait la claire et spacieuse Gerbergasse pour pénétrer dans l'obscure et humide Falkengasse, en même temps que l'air poisseux et vicié, l'assaillait une délicieuse bouffée d'angoisse, un mélange fait de curiosité, de peur, de remords et d'une exquise sensation d'aventure. Le « Falken » était le seul endroit où un conte, un miracle, une chose terrifiante était concevable; où sortilèges et fantômes étaient possibles, vraisemblables — où l'on pouvait frissonner délicieusement, douloureusement, comme à la lecture des légendes et des livres populaires scandaleux de Reutlinger, confisqués par les professeurs et qui relatent les méfaits et les expiations du « Sonnenwirtle[1] », du « Schinderhannes[1] », du « Messerkarle[1] », du « Postmichel[1] » et autres sombres héros, criminels ou aventuriers.

Outre la « Falkengasse », il y avait un endroit encore où tout était différent d'ailleurs, où l'on pouvait éprouver et entendre des choses, se perdre dans des greniers noirs, dans des salles bizarres. C'était la toute proche tannerie, la vieille maison gigantesque, dans les greniers obscurs de laquelle pendaient les grandes peaux; où, dans les caves, il y avait des fosses couvertes et des couloirs interdits et où, le soir, la Lise racontait ses beaux récits à tous les enfants des alentours. Il y faisait meilleur, tout y était plus accueillant, plus humain qu'au « Falken », là-bas, mais non moins mystérieux. Les agissements des compagnons tanneurs dans les fosses, dans la tannerie proprement dite, et sur les aires, étaient curieux, surprenants. Les grandes salles béantes étaient silencieuses et pleines d'un attrait merveilleux. Le violent et maussade patron était craint et fui à l'égal d'un ogre; et la Lise évoluait dans cette maison étrange comme une fée, se montrant pour les enfants, les oiseaux, les chats et les chiens une mère et une protectrice, débordante de bonté, de contes, de chansons.

Dans ce monde, depuis si longtemps étranger

---

1. Personnages du folklore allemand.

pour lui, erraient maintenant les pensées et les rêves de l'adolescent. Il s'évadait de sa grande déconvenue, de son désespoir pour retourner au bon temps d'autrefois, lorsqu'il était encore plein d'espoir, que le monde lui était ouvert comme une immense forêt enchantée cachant dans ses profondeurs impénétrables des dangers terrifiants, des trésors enchantés, des châteaux d'émeraude. Il avait pu avancer de quelques pas dans ce sauvage pays, mais il s'était fatigué avant que les miracles s'accomplissent, et il était revenu à son point de départ, près de cette porte béante sur une mystérieuse espérance, mais, cette fois, il en était exclu et n'y était plus qu'un curieux désœuvré.

Hans retourna quelquefois au « Falken ». Il y rencontra la même obscurité, la même puanteur, les vieux recoins, les escaliers sans lumière; des vieillards et des vieillardes étaient toujours assis devant les portes, et des enfants d'un blond de paille, pas plus lavés qu'autrefois, jouaient en criant. Le mécanicien Porsch avait encore vieilli, ne reconnut pas Hans et ne répondit à son salut timide que par un chevrotement sarcastique. Le Grossjohann, dit Garibaldi, était mort, ainsi que Lotte Frohmuller. Le facteur Rötteler était encore là. Il se plaignit que les gamins lui eussent cassé sa montre et essaya de lui soutirer quelque argent; pour finir, il parla des frères Finkenbein : l'un d'eux était maintenant à la fabrique de cigares et buvait déjà comme père et mère; l'autre avait disparu après le vol d'un tronc d'église et manquait à l'appel depuis un an. Tout cela laissait une impression pénible et décevante.

Et une fois, il alla le soir à la tannerie. Il traversa le chemin de la porte et la cour humide comme si son enfance était cachée quelque part dans la grande vieille maison, avec toutes ses joies perdues. Par l'escalier tortueux et le vestibule carrelé, il parvint à l'escalier sombre, se guida à tâtons jusqu'au grenier où étaient pendues les peaux; et là, respirant d'un bon coup l'odeur pénétrante du cuir, il aspira en même temps tout un nuage de souvenirs jaillissant soudain du passé. Il redescendit et se dirigea vers la dernière cour, où se trouvaient les fosses à tanin et les échafaudages hauts, étroits, surmontés d'une toiture, servant au séchage des gâteaux de tanin. Et là, la Lise était vraiment assise en personne sur le banc du mur, ayant devant elle une corbeille de pommes de terre à éplucher et quelques enfants attentifs.

Hans resta dans l'obscurité de la porte et écouta. Une grande paix emplissait le jardin de la tannerie; et, en dehors du faible murmure du fleuve, coulant derrière le mur de la cour, on n'entendait que le crissement du couteau de la Lise sur les pommes de terre qu'elle pelait et sa voix, qui racontait. Les enfants étaient accroupis silencieux, bougeant à peine. Elle disait l'histoire de saint Christophe et comment il entendit dans la nuit une voix d'enfant l'appelant au-delà du courant emporté de la rivière.

Hans prêta encore l'oreille pendant un moment, puis il s'en alla sans bruit et rentra chez lui. Il sentait qu'il lui était impossible de redevenir un petit enfant et qu'il ne pourrait plus, le soir, s'asseoir aux pieds de la Lise dans la cour de la tannerie. Il évita désormais la tannerie comme le « Falken ».

L'AUTOMNE était déjà très avancé. Dans les sombres forêts de sapins, les quelques arbres à feuillage caduc, jaunes et bruns, resplendissaient, comme des torches; les gorges s'emplissaient de brouillard, et la rivière fumait dans le froid du matin.

Le pâle ex-séminariste continuait à errer au grand air, au jour le jour; il était morose, fatigué et fuyait les rares fréquentations qu'il aurait pu avoir. Le médecin ordonna des gouttes, de l'huile de foie de morue, des œufs et des lotions à l'eau fraîche.

Ce n'était pas un miracle que rien n'agît. Toute vie saine doit avoir une substance et un but; et cela, le jeune Giebenrath l'avait perdu. Son père était maintenant décidé à en faire un employé de bureau, ou à lui faire apprendre quelque métier manuel. Certes, le garçon était encore faiblard et il lui fallait reprendre des forces, mais l'on pourrait ensuite penser sérieusement à son avenir.

Depuis que son premier désarroi s'était atténué et qu'il ne croyait plus lui-même à son suicide, Hans était tombé de son ancien état alternativement prostré ou agité dans une morne mélancolie, où, incapable de lutter, il s'enlisait comme dans un sol marécageux.

A présent, il flânait dans les champs désertés et subissait l'influence de la saison. Le déclin de l'automne, la chute silencieuse des feuilles, la couleur brûlée des prés, l'épais brouillard matinal, le désir de mort de la végétation épuisée arrivée à maturité, le plongeaient, comme tous les malades, dans un profond accablement. Il éprouvait le besoin de disparaître, de s'endormir, de mourir en même temps que la nature, et souffrait de ce que sa jeunesse le contredît et l'attachât tenacement à la vie.

Il regarda les arbres devenir jaunes, roux, chauves; la fumée du brouillard laiteux s'échapper des forêts; les jardins, où, après la dernière récolte, s'éteignait la vie et où personne n'avait plus un regard pour les branches dépouillées de leurs richesses aux brillantes couleurs, et la rivière, où avaient cessé pêche et bains, couverte de feuilles sèches, et ses rives si froides que, seuls, les robustes tanneurs pouvaient y rester.

Depuis quelques jours, il circulait en portant des masses de marc de pommes, car, partout où il y avait un pressoir et dans les moulins où l'on broyait, on était activement occupé à la fabrication du cidre; sur toute la ville planait l'odeur acidulée du jus de fruit légèrement fermenté.

Le cordonnier Flaig avait, lui aussi, loué un petit pressoir au moulin d'en bas et avait invité Hans au pressurage.

Sur l'esplanade du moulin, les pressoirs grands et petits, les voitures, les corbeilles et les sacs pleins de fruits, les cuves, les cuveaux, les hottes et les tonneaux, de véritables montagnes de marc brun, des leviers de bois, des brouettes, des véhicules vides s'étalaient. Les pressoirs travaillaient, crissaient, grinçaient, gémissaient, grognaient. La plupart étaient peints en vert; et ce vert avec le brun jaunâtre du marc, les couleurs des corbeilles de pommes, le fleuve aux tons d'émeraude, les enfants nu-pieds et le clair soleil d'automne, tout cela réuni laissait à tous une séduisante impression de réjouissance, de joie de vivre, d'abondance. Le crissement des pommes que l'on broyait avait une résonance acide et appétissante; quiconque arrivait et l'enten-

144

dait ne pouvait s'empêcher de s'emparer d'une pomme et vite de mordre dedans. Des tuyaux, le cidre coulait en jets épais rouge-jaune et riant au soleil; quiconque survenait et le voyait ne pouvait s'empêcher d'en réclamer un verre, et, vite, de déguster son contenu; après quoi, il restait là, debout, les yeux humides, et se sentait comme parcouru d'un torrent de suavité et de bien-être. Et le marc sucré emplissait l'air aux alentours de son arôme si gai, si fort, si savoureux. Ces effluves sont peut-être les plus délicieux de toute l'année, la substance même de la maturité et de la récolte; il est bon de les humer avant l'hiver tout proche, car, ce faisant, on se souvient avec gratitude d'une quantité de bonnes, de merveilleuses choses : les douces pluies de mai, les averses torrentielles de l'été, les fraîches brumes de l'automne, le rayonnement du tendre soleil de printemps, le chaud, l'ardent embrasement de l'été; la lumineuse fleur blanche et rose vif et l'éclat rouge-brun des arbres fruitiers avant la récolte et, entre-temps, tout ce qui est beau, joyeux dans ce qu'apporte le déroulement de l'année.

C'étaient pour chacun des jours resplendissants. Les riches, anciens et nouveaux, lorsqu'ils daignaient apparaître en personne, soupesaient dans leurs mains leurs pommes rebondies, comptaient leur douzaine de sacs, ou davantage, goûtaient au cidre avec leur gobelet de poche en argent et donnaient à entendre bien haut que leur cidre ne comporterait pas une goutte d'eau. Les pauvres n'avaient qu'un seul sac de fruits, dégustaient avec des verres ou des bols grossiers, ajoutaient de l'eau et n'en étaient pas moins fiers et joyeux. Quiconque ne pouvait, pour une raison ou une autre, pressurer pour lui-même courait des amis chez les voisins, de presse en presse, recevait de tous un verre et une pomme, et justifiait, par des appréciations de connaisseur, sa présence et la conscience qu'il avait de son rôle particulier. Les innombrables enfants, riches et pauvres, se faufilaient partout, munis de petits gobelets, tenant chacun une pomme entamée et un morceau de pain, selon l'antique tradition, sans aucun fondement valable, qui veut que manger beaucoup de pain en buvant du cidre doux prévient les maux de ventre.

Cent voix s'entrecroisaient, sans parler du vacarme que faisaient les enfants, et toutes ces voix étaient affairées, excitées, exubérantes de joie.

— Par ici, Hannes, chez moi! Allons, un seul verre...

— Grand merci! J'ai déjà la colique...

— Combien en as-tu donné au quintal?

— Quatre marks. Mais de première, tu sais! Goûte, pour voir!

Il arrivait parfois un petit incident. Un sac de pommes s'ouvrait trop tôt et tout dégringolait par terre.

— Sapristi! Mes pommes... Aidez donc, vous autres!

Et tout le monde s'y mettait. Seuls, quelques garnements essayaient d'en profiter.

— N'empochez pas, les gars! Bouffez tout ce que vous voudrez, mais n'empochez pas! Attends, toi, Gutedel! Galopin!

— Hé! monsieur mon voisin, ne soyez pas si fier! Goûtez donc!

— Du miel! Un vrai miel! Combien qu'vous en faites?

— Deux petits fûts, pas plus, mais du pas mauvais!

— Vaut mieux qu'on pressure pas au cœur de l'été! J'boirais tout!

Cette année comme les autres, il y avait les quelques vieilles gens grognons. Il y avait belle lurette qu'ils ne faisaient plus de cidre eux-mêmes, mais ils savaient tout mieux que les autres et parlaient de « leur temps », où les fruits étaient quasiment donnés, où tout était tellement mieux, moins cher; il n'était pas question alors d'ajouter du sucre! Et d'ailleurs, les arbres, à cette époque, fournissaient infiniment plus de fruits!

— Ça, c'étaient des récoltes! J'avions un pommier qui, à lui tout seul, rendiont cinq quintaux.

Mais si mauvais que soient devenus les temps, les vieux grincheux, aujourd'hui comme hier, goûtaient largement au cidre doux, et ceux qui avaient encore des dents mâchonnaient chacun sa pomme. Il y en eut même un qui avait englouti deux grosses poires à poiret, ce qui lui avait donné une sérieuse colique.

— J'l' disions bien! raisonna-t-il. Autrefois, j'en aurions avalé dix qu' ça n' m'aurait ren fait!...

Et il pensait avec regret au temps où il pouvait avaler dix grosses poires sans inconvénient.

Au milieu de tout ce remue-ménage, M. Flaig s'occupait, lui aussi, de son pressoir, aidé par ses apprentis. Il faisait venir ses pommes de la région badoise, et son cidre était toujours des meilleurs. Il était parfaitement heureux et ne refusait à personne un « Versucherle », un petit essai. Ses enfants étaient encore plus heureux, s'agitant autour de lui et, béats, bourdonnaient comme un essaim. Mais le plus heureux, à sa manière tranquille, c'était son plus jeune apprenti. Celui-ci jouissait jusque dans la moelle des os du bonheur de pouvoir enfin s'ébattre en plein air, il était originaire de la Forêt, là-haut, d'une pauvre famille de paysans; le bon cidre doux, aussi, l'enchantait. Sa brave et saine figure d'homme de la campagne riait comme un masque de satyre, et ses mains de cordonnier étaient plus propres même que le dimanche!

Lorsque Hans Giebenrath arriva sur l'esplanade, il était taciturne et inquiet; il ne venait pas de bon cœur. Mais dès le premier pressoir, un gobelet se tendit à sa rencontre : en fait, c'était Lise Naschold qui le lui offrait. Il but, et le goût sucré et fort du cidre fit surgir de sa mémoire un monde de souvenirs riants des autres automnes en même temps qu'un désir encore hésitant de prendre part à la joie de tous. Des connaissances l'apostrophèrent, on lui présentait des verres; et lorsqu'il parvint au pressoir des Flaig, il était déjà imprégné de la gaieté ambiante et un peu émoustillé par la boisson. Il aborda jovialement le cordonnier en faisant les plaisanteries de saison. Le maître cacha sa stupéfaction et l'accueillit allégrement.

Après qu'une demi-heure se fut écoulée, survint une jeune fille en robe bleue, souriant à Flaig et aux apprentis, et qui se mit en devoir de leur venir en aide.

— Oui bien! dit le cordonnier. C'est ma nièce de Heilbronn. Elle est habituée à d'autres automnes, car, par chez elle, on fait beaucoup de vin!

Elle avait environ dix-huit ou dix-neuf ans; elle était vive et enjouée, comme le sont les habitants des bas pays, pas grande, mais bien prise, avec des formes pleines. Dans son visage rond, ses yeux sombres au regard chaud étaient malicieux et intelligents, et la jolie bouche appelait le baiser; en tout état de cause, elle paraissait une joyeuse et saine Heilbronnaise, mais pas du tout une parente du pieux cordonnier. Elle était bien de ce monde, et ses yeux n'avaient guère l'expression de ceux qui ont coutume de lire tous les soirs la Bible et la *Cassette aux trésors* de Gossner.

Hans reprit soudain son air préoccupé et souhaita intérieurement qu'Emma s'en allât bientôt. Mais elle resta là, babillant, répliquant à tous avec vivacité; Hans eut honte et se renferma davantage. Il n'aimait pas à s'entretenir avec des jeunes filles qu'il était obligé de vousoyer; et celle-ci était si vivante, si bavarde, attachait si peu d'importance à sa présence et à sa sauvagerie que, plus gauche que jamais et légèrement vexé, il rentra ses antennes et se recroquevilla comme une limace qui a été effleurée au bord du chemin par le passage d'une roue de voiture. Il se tint coi et tâcha d'avoir l'air de quelqu'un qui s'ennuie : il n'y réussit pas et faisait plutôt la figure de quelqu'un qui vient de perdre un être cher.

Personne n'avait eu le temps de s'en apercevoir, Emma moins que tout autre. Elle était, apprit Hans, depuis quinze jours en visite chez les Flaig; mais elle connaissait déjà toute la ville. Elle courait de l'un à l'autre, goûtait au cidre nouveau, plaisantait et riait un moment, revenait et faisait semblant de travailler avec ardeur, prenait les enfants dans ses bras, distribuait des pommes et répandait autour d'elle une atmosphère de gaieté et de rire. Elle criait à tous les gosses des rues : « Tu veux une pomme? » Puis elle en prenait une belle, aux joues bien rouges, mettait ses mains derrière le dos et faisait deviner : « La droite ou la gauche? » Mais la pomme n'était jamais dans la bonne main, et ce n'est que lorsque le gamin se fâchait qu'elle lui en donnait une, mais plus petite et verte. Elle semblait également renseignée sur le compte de Hans, lui demanda s'il était celui qui avait toujours mal à la tête, et parlait déjà d'autres choses avec des gens du voisinage avant que Hans eût eu le temps de lui répondre.

Hans avait dans l'idée de s'éclipser pour rentrer chez lui quand Flaig lui mit le levier dans la main :

— Là! A ton tour, continue un peu : Emma t'aidera. Il faut que j'aille à l'atelier.

Le maître s'éloigna, on enjoignit à l'apprenti d'aider la maîtresse à emporter le cidre, et Hans resta seul au pressoir avec Emma. Il serrait les dents et travaillait comme un possédé.

Il s'étonna tout à coup que le levier fût si dur à manier, et, comme il levait les yeux, la jeune fille éclata de rire. Par plaisanterie, elle s'y était appuyée, formant contrepoids; et quand Hans, furieux maintenant, s'y remit, elle recommença.

Il ne dit mot. Mais tandis qu'il s'efforçait de pousser le levier, auquel s'opposait de l'autre côté le corps de la jeune fille, il se sentit soudain honteux et déprimé, et, peu à peu, cessa tout à fait de tourner.

Une douce angoisse s'empara de lui, et lorsque la

fillette lui rit impertinemment au nez, elle lui apparut tout à coup changée, plus amicale et pourtant plus inconnue; il se mit, lui aussi, à rire un peu, maladroitement familier.

Le levier s'arrêta complètement.

Emma dit : « Ne nous disputons pas comme ça! » et lui tendit le verre à demi plein dans lequel elle venait de boire.

Cette gorgée du breuvage lui parut très forte, plus sucrée que les autres; quand il eut achevé son verre, il le regarda avec regret et fut surpris de sentir son cœur battre si fort et sa respiration si houleuse.

Puis ils se mirent à travailler un peu; Hans ne savait pas ce qu'il faisait, parce qu'il essayait de se placer de manière que la jupe de la jeune fille l'effleurât et que leurs mains se rencontrassent. Pourtant, chaque fois que cela arrivait, son cœur se serrait d'une angoisse délicieuse, il était envahi d'une agréable faiblesse et d'un bien-être extraordinaire, quoique ses genoux tremblassent et que la tête lui tournât légèrement.

Il ne savait plus ce qu'il disait, mais il lui répondait, riait quand elle riait, alla plusieurs fois jusqu'à la menacer du doigt lorsqu'elle faisait quelque bêtise, et vida encore deux verres qu'elle lui présenta de ses mains. En même temps, toute une armée de souvenirs vint l'assaillir : des servantes qu'il avait vues avec des hommes debout dans des embrasures de portes, quelques phrases provenant de livres, le baiser que Hermann Heilner lui avait donné autrefois; une quantité de mots, de récits, d'obscures discussions d'écoliers sur « les filles » et « Comment est-ce, quand on a une bonne amie? ». Et il respirait avec autant de difficulté qu'un cheval montant une côte.

Tout était changé. Les gens et l'agitation autour de lui s'étaient dissous en un nuage aux riantes couleurs. Les voix isolées, les jurons et les rires se confondaient dans le bourdonnement général; le fleuve et le vieux pont paraissaient lointains et comme peints sur une toile de fond.

Emma aussi avait pris un aspect différent. Il ne voyait plus sa figure — plus rien que les yeux sombres pleins de gaieté, une bouche rouge, des dents blanches pointues ; sa silhouette s'évanouissait, et il ne distinguait plus que des détails — tantôt un soulier surmonté d'un bas noir, tantôt une bouclette détachée sur la nuque, tantôt un cou rond et hâlé disparaissant dans du drap bleu, des épaules bien droites et, au-dessous, les ondes de la respiration ou une oreille rose et translucide.

Quelques instants plus tard, elle laissa tomber le verre dans le cuveau, se pencha pour le ramasser et, ce faisant, pressa au bord du cuveau son genou contre le poignet du garçon. Il se pencha aussi, mais plus lentement et effleura presque avec son visage les cheveux de la jeune fille. Sa chevelure embaumait faiblement ; un peu plus bas brillait, à l'ombre des bouclettes frisottées, sa belle nuque chaude et brunie, qui allait se perdant dans son corsage bleu, dont la fermeture et les agrafes, tendues, laissaient deviner un peu de chair à travers la fente.

Lorsqu'elle se redressa, les joues rougies par l'effort, son genou glissa le long du bras de l'adolescent, et ses cheveux lui chatouillèrent la figure au passage ; Hans frissonna de tous ses membres. Il pâlit et eut un instant une sensation de fatigue si profonde qu'il dut se retenir à la vis du pressoir. Son cœur battait à tout rompre, ses bras étaient sans force, et il avait mal aux articulations.

A partir de cet instant, il ne prononça presque plus une parole et évita le regard de la jeune fille. Ce qui ne l'empêchait pas, dès qu'elle se détournait, de la suivre des yeux avec un mélange de désir et de remords. En cette heure, quelque chose se déchira en lui et fit surgir de son âme un paysage nouveau, étrangement attirant, avec des perspectives lointaines et bleues. Il ne savait pas encore, il ne faisait que pressentir ce que voulait dire cette angoisse, ce doux tourment qu'il éprouvait, et il ne savait pas non plus ce qui était le plus fort en lui, la torture ou le désir.

Le désir, pourtant, signifiait la victoire de son jeune pouvoir d'aimer et la première notion d'une vie grisante; et la torture signifiait que la paix de l'aube était rompue, que son âme avait abandonné le pays de l'enfance, celui auquel l'on ne retourne plus. A peine sa légère nacelle avait-elle échappé au premier naufrage qu'elle se trouvait violemment entraînée dans de nouveaux tourbillons, côtoyant des abîmes insondables et des écueils périlleux à travers lesquels la jeunesse la plus protégée ne peut trouver de guide, doit se frayer sa route par ses propres moyens et ne puiser le secours qu'en elle-même.

Il était temps que l'apprenti revînt et le remplaçât au pressoir. Hans resta encore un instant. Il espérait d'Emma un effleurement ou un mot amical. Celle-ci bavardait de nouveau autour d'autres cuves. Et comme Hans était gêné par la présence de l'apprenti, il s'éclipsa bientôt et rentra chez lui sans lui dire adieu.

Tout était devenu bizarrement différent, beau, enthousiasmant. Les moineaux, gras comme des cailles, à cause du marc, se poursuivaient en piaillant dans le ciel, qui n'avait jamais été si haut ni si nostalgiquement bleu. Jamais, non plus, le fleuve n'avait présenté un miroir si lisse, si pur, si riant, d'un si beau vert bleu, pas plus que la chute d'eau n'avait bouillonné d'un blanc aussi éblouissant. Tout était comme des tableaux fraîchement peints, derrière des glaces transparentes et neuves. La nature semblait dans l'attente d'une grande fête. Dans sa propre poitrine, aussi, il se sentait oppressé par une angoisse forte et douce, des sentiments étrangement téméraires et des espoirs insolites, éblouissants, en même temps que la crainte sourde, tenaillante, que ce ne fût qu'un rêve irréalisable. Ces sentiments mixtes, en croissant, devinrent une obscure source jaillissante, comme la sensation de quelque chose qui serait devenu trop puissant et voulait se donner libre cours — peut-être un sanglot, peut-être un cri, un

chant, un éclat de rire... Ce ne fut qu'à la maison que
cette exaltation tomba. Là, certes, rien n'était changé.

— D'où viens-tu? demanda M. Giebenrath.

— De chez Flaig, au moulin.

— Combien en a-t-il fait?

— Deux tonneaux, je crois.

Il demanda à son père la permission d'inviter les
enfants lorsque lui-même pressurerait ses pommes.

— Cela va de soi, grommela le papa. Ce sera la
semaine prochaine. Tu n'auras qu'à aller les chercher.

Il restait une heure jusqu'au dîner. Hans s'en fut
au jardin. Hormis les deux sapins, il ne restait guère
plus de verdure. Il arracha une baguette de noise-
tier, en fouetta l'air et fourragea dans les buissons.
Le soleil était déjà bas derrière la montagne, dont la
masse s'inscrivait, les cimes de ses sapins délicatement silhouettées, sur le ciel du soir bleu-vert,
humide et clair. Un nuage gris, très allongé, embrasé
de jaune et de roux, voguait lentement à travers l'air
léger et doré, sans se hâter, remontant la vallée,
comme un vaisseau rentrant au port.

Étrangement ému par la beauté pleine de maturité, saturée de couleur, de la soirée, Hans errait dans
le jardin. Par instants, il s'arrêtait, fermait les yeux et
essayait de se représenter Emma debout, en face de
lui au pressoir, en train de le faire boire dans son
verre à elle, se penchant sur la cuve et se relevant
rougissante. Il voyait ses cheveux, son corps dans
l'étroite robe bleue, son cou, sa nuque ombragée de
petites mèches brunes; ce souvenir l'emplissait de
délectation et le faisait frissonner; seulement, il lui
était impossible de se remémorer son visage.

Quand le soleil fut tout à fait descendu, il ne
remarqua pas la fraîcheur et accueillit le crépuscule
comme un voile cachant des mystères dont il ignorait les noms. Car il percevait, certes, qu'il était
tombé amoureux de l'Heilbronnaise, mais il ne res-

sentait le bouillonnement de sa virilité éveillée que très obscurément et comme un état d'irritation fatigant.

Au souper, il lui sembla singulier d'être là, assis au milieu de son entourage habituel, après la transformation qu'avait subie son être. Le père, la servante âgée, la table, les ustensiles et toute la pièce lui apparurent soudain très vieux, et il voyait tout cela avec une sensation d'étonnement, de curiosité et de tendresse; comme s'il venait de rentrer d'un long voyage. Naguère, quand il faisait de l'œil à sa branche meurtrière, il avait considéré les mêmes gens et choses avec le sentiment de supériorité douloureuse de quelqu'un qui prend congé; maintenant, c'était un retour, une surprise, un sourire, une reprise de possession.

On avait fini de manger et Hans allait se lever, lorsque le père lui dit de sa manière abrupte :

— Préférerais-tu devenir mécanicien, Hans, ou employé de bureau?

— Comment?... Pourquoi? fit Hans, stupéfait.

— Tu pourrais entrer comme apprenti la semaine prochaine chez le mécanicien Schuler, ou la semaine d'après à l'hôtel de ville. Réfléchis sérieusement. Nous en reparlerons demain!

Hans se leva et sortit. La soudaine question l'avait étourdi et bouleversé. Voici que, d'une façon inattendue, la vie quotidienne, active, se présentait à lui, qui, depuis des mois, lui était demeuré étranger; elle avait un visage tentant et un visage menaçant, promettait et exigeait. Il n'avait guère plus envie d'être mécanicien que scribouillard. Le dur travail corporel de l'ouvrier l'effrayait un peu. Puis il se souvint de son ami d'école, Auguste, qui, précisément, était devenu mécanicien et auprès duquel il pourrait se renseigner.

Pendant qu'il réfléchissait à ces choses, ses méditations se troublèrent et pâlirent; cette question ne lui parut plus ni si urgente ni si importante. Autre chose le tourmentait, le préoccupait; il parcourait la maison avec agitation; tout à coup, il prit son chapeau, sortit et s'éloigna lentement dans la rue. Il venait de penser qu'il lui fallait voir Emma encore une fois aujourd'hui.

Il faisait déjà sombre. D'une auberge proche sortaient des cris et des chants rauques. De nombreuses fenêtres étaient éclairées; çà et là, il s'en allumait une, et puis une autre, mettant une faible lueur rougeâtre dans l'air obscur. Une longue rangée de jeunes filles, bras dessus, bras dessous, s'avançait gaiement parmi les rires et les exclamations, descendant la rue, oscillant dans la lumière incertaine et répandant comme une chaude vague de jeunesse et de joie le long des rues assoupies. Hans les suivit longtemps des yeux, le cœur lui battant dans la gorge. Derrière une croisée garnie de rideaux, on entendait jouer du violon. A la fontaine, une femme lavait de la salade. Deux gars se promenaient sur le pont avec leurs petites amies. L'un tenait la fille par la main, remuant son bras au rythme de la marche, et fumait son cigare. Le deuxième couple marchait lentement, étroitement enlacé : le garçon étreignait la taille de la fille, et elle appuyait son épaule et sa tête sur sa poitrine à lui. Hans avait vu cela cent fois et n'y avait pas prêté attention. A présent, cela prenait un sens secret, une signification vague, mais fascinante et douce; son regard restait fixé sur les couples, et son imagination allait intuitivement au-devant de la compréhension. Le cœur serré, bouleversé jusqu'à l'âme, il se sentait tout proche de la découverte d'un grand secret, duquel il ignorait s'il était précieux ou terrible; mais il pressentait en tremblant qu'il était un peu les deux.

Il fit halte devant la maisonnette des Flaig et n'eut pas le courage d'entrer : que ferait-il et dirait-il à l'intérieur? Il ne pouvait s'empêcher de penser aux fréquentes visites qu'il avait faites là lorsqu'il était un gamin de onze ou douze ans. A cette époque, Flaig lui racontait des histoires bibliques et avait répondu à ses questions curieuses et pressantes sur l'enfer, le diable et les fantômes. Ces souvenirs lui étaient désagréables et faisaient naître en lui des remords. Il ne savait à quel parti s'arrêter. Il ne savait même pas ce qu'il désirait réellement; quoi qu'il en fût, il lui semblait qu'il se trouvait devant quelque chose de mystérieux et de défendu. Il avait la sensation qu'il agissait mal envers le cordonnier en se tenant ainsi dans l'obscurité à sa porte sans entrer. Si celui-ci le voyait là ou surgissait maintenant de cette porte, il est probable qu'il ne le gronderait même pas, se bornant à se moquer doucement de lui; et c'était ce qu'il redoutait le plus.

Il se glissa derrière la maison et put ainsi plonger ses regards dans la pièce de séjour éclairée. Il n'y vit pas le maître. La femme paraissait coudre ou tricoter, l'aîné des garçons n'était pas encore couché et lisait, assis à la table. Emma circulait, apparemment occupée à mettre de l'ordre, en sorte qu'on ne l'entrevoyait que de temps en temps. Tout était si tranquille que l'on entendait distinctement chaque pas lointain dans la rue et, de ce côté-ci du jardin, le léger murmure de la rivière. L'obscurité et la fraîcheur nocturne tombaient rapidement.

A côté des ouvertures lumineuses de la pièce de séjour, une petite fenêtre demeurait sombre. Après un assez long moment, une silhouette indécise apparut à cette fenêtre, s'appuya sur le rebord et se pencha dans l'obscurité. Hans reconnut Emma et, plein d'une espérance angoissée, son cœur s'arrêta. Elle se tint longuement à la fenêtre, regardant tranquillement autour d'elle, mais il ignorait si elle l'avait vu et reconnu. Il ne bougeait pas et ne la quittait pas des yeux, incertain, perplexe, espérant et craignant tout à la fois qu'elle ne le reconnût.

Puis la silhouette imprécise disparut, la petite porte du jardin grinça aussitôt après, et Emma sortit de la maison. Hans, dans son désarroi, songea à s'enfuir, mais resta appuyé sans volonté à la clôture et vit la jeune fille venir vers lui à travers le jardin nocturne; chaque pas qu'elle faisait augmentait sa panique : cependant, quelque chose de plus fort le retenait.

Emma était maintenant devant lui, à peine à un demi-pas, séparée seulement par le treillage bas; elle le regardait avec attention et un air bizarre. Un long moment s'écoula sans qu'elle dît un mot. Puis elle demanda tout bas :

— Que veux-tu?

— Rien, dit-il. Et qu'elle lui eût dit « tu » le toucha comme une caresse.

Elle tendit la main par-dessus la barrière. Il la prit timidement, délicatement, la serra un peu et remarqua alors qu'on ne la lui retirait pas; encouragé, il caressa doucement, prudemment la main chaude de la jeune fille. Et comme on la lui abandonnait toujours, il la posa contre sa joue. Il se sentit inondé de délices, pénétré d'une chaleur inconnue, et une fatigue heureuse s'empara de son être. L'air lui paraissait tiède, comme imprégné d'humidité; il ne distinguait plus ni rue ni jardin, mais uniquement le clair visage tout proche couronné d'une sombre toison.

Et il lui sembla entendre quelque chose résonner très loin dans les ténèbres lorsqu'elle lui dit à mi-voix :

— Veux-tu m'embrasser?

Le visage clair se rapprocha, le poids d'un corps fit bomber un peu le treillage, des cheveux légèrement parfumés vinrent caresser son front, et des yeux fermés par de larges paupières blanches ourlées de cils noirs furent tout près des siens. Il fut secoué d'un frisson violent lorsqu'il effleura de ses lèvres timides la bouche de la jeune fille. Il voulut s'écarter immédiatement, tout tremblant, mais elle avait entouré de ses mains la tête du garçon, appuyait sa figure contre la sienne et ne libérait pas ses lèvres. Il lui semblait que sa bouche le brûlait; il la sentait se presser, se coller contre la sienne comme si elle voulait boire sa vie. Il fut saisi d'une profonde défaillance avant que les lèvres impérieuses se fussent détachées des siennes, son désir frémissant devint une fatigue mortelle, une sorte de torture; et lorsque Emma le laissa aller, il chancela et dut s'accrocher de toutes ses forces à la clôture.

— Dis, sois là demain soir! dit Emma, et elle rentra rapidement dans la maison.

Elle n'était pas restée dehors plus de cinq minutes, mais il sembla à Hans qu'une éternité s'était écoulée. Il la regarda partir, les yeux vides, toujours agrippé au treillage et épuisé au point de ne pouvoir faire un pas. Comme dans un rêve, il entendait le sang battre dans ses oreilles à grandes ondes irrégulières, allant et venant du cœur à la tête, le laissant pantelant.

**

Puis, la porte de la salle s'ouvrit à l'intérieur, et il vit entrer le maître, qui avait sans doute été retenu jusque-là dans son atelier. Il eut peur d'être surpris et s'éloigna. Il marchait lentement, à contrecœur, d'une allure incertaine, comme s'il était sous l'influence d'une ivresse légère et sentait à chaque pas ses genoux plier sous lui. Les rues ténébreuses, avec leurs façades endormies, et les yeux rougeoyants des fenêtres défilaient autour de lui comme de pâles décors, et le pont, la rivière, les places, les jardins... La fontaine de la Gerbergasse jaillissait, curieusement bruyante et résonnante. Perdu dans son rêve, Hans ouvrit une porte, traversa un couloir plongé dans le noir, gravit un escalier, ouvrit et ferma une porte, puis une autre, s'assit sur une table qui était là et ne s'éveilla qu'assez longtemps après à la sensation qu'il était à la maison, dans sa chambre. Il lui fallut encore un moment pour qu'il se décidât à se déshabiller. Il le fit distraitement et resta assis à la fenêtre, dévêtu, jusqu'à ce que le froid nocturne le saisît soudain et l'envoyât se réfugier dans ses draps.

Il croyait s'endormir sur-le-champ. Mais à peine fut-il couché et un peu réchauffé que ses palpitations le reprirent et le flux violent, capricieux de sa circulation. Dès qu'il fermait les yeux, c'était comme si la bouche de la jeune fille était encore collée à la sienne, comme si elle buvait son âme et le brûlait d'une ardeur qui était une torture.

Il s'endormit tard et fut entraîné de rêve en rêve. Il était plongé dans des ténèbres profondes, troublantes; tâtonnant autour de lui, il saisissait le bras d'Emma; elle l'enlaçait, et ils s'enfonçaient ensemble, en une chute lente, dans un abîme chaud et sans fond. Le cordonnier était tout à coup présent et lui demandait pourquoi il ne voulait pas lui faire une visite, ce à quoi Hans répondait par un éclat de rire et s'apercevait que ce n'était pas Flaig, mais Hermann Heilner, qui était assis à côté de lui, dans l'embrasure d'une des fenêtres de l'oratoire, faisant des plaisanteries. Mais cela disparaissait également en un clin d'œil, et il se trouvait au pressoir; Emma s'arc-boutait contre le levier, et il luttait de toutes ses forces contre elle. Elle se penchait en avant et cherchait sa bouche : tout devenait silencieux, complètement noir, il retombait dans ces ténèbres et mourait de vertige. En même temps, il entendait l'éphorus faire un discours, et il ne savait pas s'il lui était adressé.

Il dormit tard le lendemain matin. La journée était gaie, charmante. Il se promena lentement dans le jardin, tenta de se secouer, de penser clairement, mais se sentait comme environné d'une brume tenace, engourdissante. Il voyait s'épanouir au soleil les toutes dernières fleurs du jardin, les asters violets, d'une beauté aussi riante que si l'on avait encore été en août, et la chaude lumière jouer, caressante, insinuante, autour des ramilles, des branches et des vrilles dépouillées, desséchées, comme si l'on était à l'époque précédant le printemps. Mais il ne faisait que le « voir » : il ne le « vivait » pas! Cela ne le concernait pas. Soudain, lui revinrent des souvenirs très vivants du temps où les lapins habitaient le jardin et où son moulin fonctionnait. Il pensait à un jour de septembre, trois ans auparavant. C'était la veille de la fête de Sedan; Auguste était venu le voir et lui avait apporté du lierre; ils avaient lavé les hampes de leurs drapeaux et avaient attaché le lierre aux pointes dorées, parlant du lendemain et s'en réjouissant. Il n'y avait rien eu de plus et rien de particulier ne s'était passé; mais ils avaient été tous deux si ravis à l'idée de la fête, les drapeaux avaient si bien brillé au soleil, Anna avait fait des gâteaux et, la nuit, on avait allumé sur la haute falaise le feu de Sedan.

Hans ne savait pas pourquoi il pensait précisément aujourd'hui à cette soirée, ni pourquoi ce souvenir lui paraissait si beau, si fort, pas plus qu'il ne comprenait pourquoi cela le rendait si triste et misérable. Il ignorait que, sous le déguisement de ce souvenir, son enfance et ses années de pré-adolescence se dressaient devant lui, pour une fois encore joyeuses et riantes, afin de prendre congé de lui en lui laissant l'aiguillon douloureux d'un grand bonheur qui ne reviendrait jamais plus. Il sentait seulement que ce souvenir, celui d'Emma et de la soirée de la veille ne rentraient pas dans la même catégorie et que quelque chose avait surgi en lui qu'il était impossible de concilier avec la joie qu'il avait éprouvée jadis. Il lui semblait encore voir briller les pointes dorées des drapeaux, entendre rire son ami Auguste et humer l'arôme du gâteau frais; tout cela était si gai, si joyeux, tout en étant devenu tellement lointain, tellement étranger, qu'il s'adossa au tronc rude de l'épicéa et eut une violente crise de sanglots, qui eut pour effet de lui procurer un instant de soulagement et de consolation.

A midi, il courut chez Auguste, devenu premier apprenti et qui avait beaucoup grandi et élargi d'épaules. Il lui expliqua ce qui l'amenait.

— Oui... oui, c'est ainsi, vois-tu... c'est ainsi, fit l'autre en prenant des airs d'avoir une grande expérience. C'est une chose comme ça... Parce que, vois-tu, tu es un peu nouille, je veux dire... un peu ch'ti. La première année, en forgeant, on tape, on tape sans arrêt sur le fer. Un marteau comme ça, c'est pas de la gnognote. Et puis, il faut que tu trimbales la ferraille... Et puis, le soir, il faut ranger... Et pour limer, il faut aussi de la force, et comment! Et, au début, jusqu'à ce que tu aies le coup de main, on te donne rien que des vieilles limes usées, celles qui liment plus et qui sont lisses comme un cul de singe!

Hans perdit son peu d'assurance.

— Alors, il vaut mieux que je n'y pense plus? demanda-t-il en hésitant.

— Dis donc, dis donc, j'ai pas dit ça. Sois donc pas une chiffe. Je voulais seulement t'expliquer qu'au commencement, c'est pas si facile. Mais, à part ça, un mécanicien, c'est quelque chose de bath, tu sais! Et puis, faut pas non plus être idiot... Sans ça, on n'a qu'à devenir forgeron... Viens que j't'montre...

Il apporta quelques petites pièces — faisant partie d'une machine — en acier luisant, finement travaillées et les exhiba à Hans.

— Tu vois? Faut pas qu'on s'trompe d'un demi-millimètre. Tout ça, c'est fait à la main, y compris les vis. Ça veut dire qu'il faut avoir l'œil! Elles ont encore besoin d'être polies et durcies, et puis elles seront finies.

— Oui, c'est beau! Si seulement je savais...

Auguste se mit à rire.

— T'as peur? Oui, bien sûr, un apprenti, c'est souvent engueulé — ça, on n'y peut rien. Mais je suis là, moi, je te donnerai un coup de main. Et si tu commençais vendredi prochain, ce sera juste le jour où je finis ma deuxième année d'apprentissage, et je toucherai le samedi ma première paye. Et le dimanche, on fête ça, avec de la bière, des gâteaux et tout le monde. Toi aussi, comme ça, tu verras comment ça se passe, chez nous. Ben, t'en fais, une bille! On a toujours été bons copains, nous deux, autrefois...

Au déjeuner, Hans dit à son père qu'il avait envie de devenir mécanicien et demanda s'il pourrait commencer dans huit jours.

— Soit! dit le père. Et il alla l'après-midi avec Hans à l'atelier Schuler pour l'y faire inscrire.

Mais quand vint le crépuscule, Hans avait déjà à peu près oublié tout cela et ne pensait plus qu'à son rendez-vous du soir avec Emma. Il en avait le cœur serré. Les heures lui paraissaient tantôt trop courtes, tantôt interminables, et il allait à la rencontre de la jeune fille comme un nautonier à la rencontre d'un rapide. Il ne fut pas question ce soir-là de manger : c'est tout juste s'il put avaler une tasse de lait. Puis, il s'en alla.

Tout était comme la veille : rues sombres, assoupies, fenêtres mortes, faux jour des lanternes et couples d'amoureux se promenant lentement.

A la barrière du jardin du cordonnier, il fut pris d'une grande angoisse : il sursautait au moindre bruit, et, parce qu'il était là, à épier, il se considérait presque comme un voleur. Il n'y avait pas une minute qu'il attendait qu'Emma était devant lui, lui passait la main dans les cheveux, et lui ouvrait la porte du jardin. Il entra prudemment, et elle l'entraîna sans bruit le long du chemin bordé de plantes, par la porte de derrière, dans le corridor de la maison.

Ils s'assirent côte à côte sur la première marche de l'escalier de la cave. Il leur fallut un certain temps pour s'accoutumer à l'obscurité et se distinguer vaguement l'un l'autre dans le noir. La jeune fille était bien lunée et jacassait à mi-voix. Elle avait déjà goûté plusieurs fois au baiser et s'y connaissait en matière de relations amoureuses. Ce jeune garçon timide et délicat lui plaisait. Elle prit sa tête entre ses mains et se mit à embrasser front, yeux et joues. Quand vint le tour de la bouche, elle l'embrassa de nouveau longuement et goulûment : un vertige envahit l'adolescent, et il resta appuyé contre elle, inerte et sans force. Elle rit doucement et lui tiralla l'oreille.

Elle bavardait toujours et encore; il écoutait et ne savait pas ce qu'il entendait. Elle lui caressait les bras, les cheveux, le cou, les mains, elle frottait sa joue contre la sienne et posait câlinement sa tête sur son épaule. Il se taisait et la laissait faire, saisi d'un doux frémissement, d'une sorte d'angoisse intime, heureuse, avec, parfois, des frissons fiévreux.

— Quel drôle d'amoureux tu fais! rit-elle. Tu n'oses rien...

Et elle lui prit la main, la promena sur sa nuque, ses cheveux, la posa sur son sein avec insistance. Il sentit la tendre rondeur, la douce respiration, ferma les yeux et eut l'impression de plonger dans un abîme...

— Non... Plus... Plus... gémit-il en l'écartant lorsqu'elle voulut encore l'embrasser.

Elle rit. Et elle l'attira à elle; et elle se mit tout contre lui, l'entourant de ses bras, tant et si bien que, sentant le corps de la jeune fille épousant le sien, il perdit tout à fait la tête et ne put plus parler.

— M'aimes-tu, au moins? demanda-t-elle.

Il voulut dire oui, mais ne put que hocher la tête; et il hocha la tête pendant un bon moment.

Elle lui reprit la main et, en se jouant, la glissa dans son corsage. Lorsqu'il perçut les battements du cœur, si proche, et la respiration de cette autre vie, son cœur à lui s'arrêta et il crut mourir, tant il avait de mal à reprendre son souffle. Il retira sa main et soupira :

— Il faut que je rentre chez moi...

Au moment de se lever, il chancela et faillit dégringoler l'escalier de la cave.

— Qu'as-tu? demanda, stupéfaite, la jeune fille.

— Je ne sais pas... Je suis si las...

Il ne sentit pas qu'elle le soutint en le pressant contre elle jusqu'à la barrière, ne l'entendit pas lui dire bonsoir et refermer derrière lui le portillon. Il rentra chez lui à travers les rues sans savoir comment; il lui semblait être emporté par un vent de tempête ou être entraîné par un torrent furieux.

Il apercevait à droite et à gauche des maisons pâles; au-dessus, au loin, les flancs de la montagne, les cimes des sapins, les ténèbres de la nuit, de grandes étoiles rondes et sereines. Il sentait le vent souffler, entendait les remous du fleuve autour des piliers du pont, et voyait se refléter dans l'eau des jardins des maisons, les ténèbres de la nuit, des lanternes et des étoiles.

Au pont, il dut s'asseoir. Il était si épuisé qu'il se demandait s'il arriverait chez lui. Il s'installa sur le parapet, il écouta l'eau se brisant contre les piles, grondant au barrage et ronflant aux peignes du moulin. Ses mains étaient froides; dans sa poitrine et dans sa gorge, le sang s'arrêtait et se ruait tour à tour, lui obscurcissant les yeux et refluant en ondes subites vers le cœur, lui laissant la tête pleine de vertige.

Il rentra chez lui, trouva sa chambre, se coucha, s'endormit aussitôt et, en rêve, roula, d'abîme en abîme, à travers des espaces infinis. A minuit, il se réveilla, troublé, exténué, et resta dans un état entre le sommeil et la veille, torturé d'une nostalgie chargée de désirs, débordante de forces incontrôlées qui le faisaient se tourner et se retourner dans son lit, jusqu'à ce qu'au petit matin son long tourment, ses détresses se résolussent en une grande crise de sanglots et qu'il s'endormît encore une fois, sur son oreiller trempé de larmes.

Avec bruit et dignité, M. Giebenrath s'affairait autour du pressoir, et Hans l'aidait. Deux des enfants du cordonnier avaient répondu à l'invitation ; ils s'ébattaient autour des fruits, partageaient à deux un petit verre à dégustation et tenaient chacun un énorme morceau de pain bis à la main. Mais Emma n'était pas venue.

Ce ne fut que lorsque son père fit une disparition d'une demi-heure avec le tonnelier que Hans osa demander ce qu'elle était devenue.

— Où est donc Emma ? Elle n'a pas voulu venir ?

Il fallut un bon moment avant que les enfants eussent la bouche vide pour répondre.

— Elle est partie, donc, dirent-ils en hochant la tête.

— Partie ? Où ?

— Chez elle...

— Partie... avec le train ?

Les enfants hochèrent la tête avec ardeur.

— Quand donc ?

— Ce matin.

Les petits retournèrent à leurs pommes. Hans s'activa un peu au pressoir, regarda sans la voir la cuve à marc et commença lentement à réaliser.

Le père reparut, on travailla, on rit, les enfants remercièrent et s'en furent, le soir vint, et l'on rentra chez soi.

Après le souper, Hans resta seul dans sa chambre. Dix heures, onze heures sonnèrent : il ne fit point de lumière. Puis il dormit profondément et long-temps.

Lorsqu'il s'éveilla, plus tard que d'habitude, ce fut avec le vague sentiment d'un malheur, d'une perte; puis Emma lui revint à l'esprit. Elle était partie sans un mot, sans prendre congé; elle savait sans aucun doute la date de son départ lors de la dernière soirée qu'ils avaient passée ensemble. Il se rappela son rire, ses baisers, sa façon condescendante de se donner. Elle ne l'avait jamais pris au sérieux.

La douleur irritée qu'il en eut vint s'ajouter à la fièvre de ses appétits amoureux éveillés et inassouvis pour ne plus former qu'un trouble supplice qui le chassa de la maison, le poursuivit dans le jardin, la rue, la forêt et de nouveau à la maison.

C'est ainsi qu'il connut, peut-être trop tôt, sa part des mystères de l'amour, comportant pour lui peu de douceur et beaucoup d'amertume. Des journées de plaintes stériles, de regrets nostalgiques, de rêvasse-ries désolées; des nuits où les palpitations et les oppressions l'empêchaient de dormir, à moins qu'il ne s'abîmât dans d'affreux cauchemars. Des cauche-mars où l'effervescence méconnue de son sang devenait des images fabuleuses, monstrueuses, effrayantes : des bras à l'étreinte mortelle, des ani-maux fantastiques aux yeux brûlants, des abîmes vertigineux, d'immenses orbites flamboyantes. En se réveillant, il se retrouvait seul dans l'indifférence de la froide nuit d'automne; il se consumait de désirs pour la jeune fille et s'enfonçait en sanglotant dans ses oreillers trempés de larmes.

Le vendredi où il devait entrer à l'atelier de mécanique se rapprochait. Son père lui acheta un « bleu » d'ouvrier, une casquette de demi-laine bleue. Il essaya le costume et se trouva ridicule dans l'uniforme de serrurier. Quand il passait devant l'école, la demeure du recteur ou du professeur de calcul, l'atelier de Flaig ou le presbytère de la ville, il se sentait très malheureux. Tant d'efforts, de labeur, de sueur; tant de petites joies sacrifiées, tant d'orgueil, d'ambition et de rêves pleins d'espoirs, de bonheur, tout cela pour rien! Tout cela pour que, maintenant, plus tard que ses anciens camarades, la risée de tous, il fût autorisé à entrer dans un atelier en qualité de petit apprenti!

Qu'en eût dit Heilner?

Ce n'est que peu à peu qu'il se réconcilia avec son costume de serrurier et qu'il commença à presque se réjouir du vendredi où il l'inaugurerait. Du moins verrait-il là du nouveau!

Pourtant, ces pensées n'étaient que des éclairs rapides dans de sombres nuages. Il n'oubliait pas le départ de la jeune fille, pas plus que son sang n'oubliait et ne parvenait à maîtriser l'exaspération qu'avaient suscitée ces journées. Il se faisait exigeant, demandait à cor et à cri davantage, cherchant une issue à ses désirs exacerbés. Et le temps s'écoulait lentement, dans une torture accablante.

L'automne était plus beau que jamais, chauffé par un doux soleil avec des matins argentés, des après-midi riantes et colorées, des soirées claires. Les montagnes les plus éloignées prenaient des tons d'un bleu profond et velouté; les marronniers resplendissaient, d'or jaune. Des murs et des haies, la vigne vierge ruisselait, purpurine.

Hans se fuyait lui-même sans répit. Le jour, il parcourait la ville et les champs, évitant les gens, car il croyait que l'on s'apercevrait de son désespoir amoureux. Le soir, en revanche, il allait par les rues, lorgnait les servantes, se faufilait derrière les couples d'amants, la conscience bourrelée de remords. Il lui semblait qu'avec Emma tout ce qui était désirable, tout l'enchantement de la vie, avait été à sa portée, et que tout cela lui avait sournoisement été retiré. Il ne pensait plus à l'angoisse, au supplice qu'il avait éprouvés auprès d'elle. S'il l'avait maintenant, se figurait-il, il ne serait plus timide; il lui arracherait, au contraire, tous les secrets et pénétrerait tout à fait dans le jardin enchanté de l'amour, dont la porte venait de lui être brutalement refermée sur le nez. Son imagination tout entière s'était empêtrée dans ces fourrés malsains et dangereux, y errait, découragée ; et, dans les tortures qu'elle s'infligeait à elle-même, ne voulait pas savoir qu'en dehors de l'étroit cercle enchanté existaient de beaux espaces libres, clairs, accueillants.

Il finit par se réjouir sincèrement lorsqu'il en arriva au vendredi auparavant si redouté. Le matin, de bonne heure, il revêtit ses habits de travail, mit sa casquette sur sa tête et descendit, un peu hésitant, la Gerbergasse jusqu'à la maison des Schuler. Quelques connaissances le suivirent curieusement des yeux, et l'une d'elles dit même : « Quoi ! Te voilà serrurier, à présent ? »

A l'atelier, on travaillait déjà activement. Le maître était justement en train de forger. Il avait sur l'enclume un morceau de fer rougi au feu, un compagnon maniait la lourde masse à dégrossir, le maître donnait les coups de finition, ceux déterminant la forme, présentant les tenailles et marquant le rythme sur l'enclume avec son marteau à forger, plus léger ; tout cela sonnait clairement et gaiement dans l'air matinal, par la porte ouverte.

Au long établi, noirci par l'huile et la limaille, se tenait le plus ancien compagnon et, près de lui, Auguste, tous deux occupés à leurs étaux. Au plafond vrombissaient les rapides courroies de transmission, qui entraînaient les tours, les meules, les soufflets et les perceuses, car l'on travaillait ici avec la force hydraulique. Auguste salua de la tête son camarade et lui signifia d'attendre à la porte que le patron pût lui consacrer du temps.

Hans jeta un regard timide sur la forge, les tours immobiles, les courroies mugissantes et les disques marchant à vide. Lorsque le maître eut fini de forger sa pièce, il vint à lui et lui tendit une grande main calleuse et chaude.

— Accroche ta casquette là ! dit-il en lui désignant

au mur un clou libre. Bon! Viens... Voilà ta place et ton étau.

Ce disant, il l'avait amené au dernier étau et lui montra pour commencer de quelle manière s'en servir, à ranger son établi et ses outils.

— Ton père m'a prévenu que tu n'étais pas un hercule. Cela se voit de reste! Bon! Au début, tu n'auras rien à faire avec la forge jusqu'à ce que tu sois devenu plus fort.

Il fouilla sous l'établi et sortit une petite roue dentée en fonte d'acier.

— Voilà! Tu peux commencer par là. La roue est à l'état brut, venant de la fonderie. Elle est couverte de petites bosses et d'arêtes; il faut les limer pour les faire disparaître, sans cela les parties plus fines s'abîmeraient à son contact.

Il monta le rouage dans l'étau, prit une vieille lime et montra ce qu'il fallait faire.

— Tu vois? Continue comme ça. Mais ne va pas me prendre une autre lime, surtout! Tu en as pour jusqu'à midi; ensuite, tu me montreras ce que tu auras fait. En travaillant, ne t'occupe de rien d'autre que de ce qu'on t'a dit. Un apprenti n'a pas besoin de penser.

Hans se mit en devoir de limer.

— Halte! cria le maître. Pas comme ça! On pose la main gauche ainsi sur la lime. Ou serais-tu gaucher?

— Non!

— Bon! Ça ira, va!

Il se dirigea vers son étau, le premier près de la porte, et Hans essaya de se débrouiller.

Aux premiers coups de lime, il s'étonna de trouver la matière si malléable et de la facilité avec laquelle elle cédait. Mais il s'aperçut bientôt que ce n'était que la friable couche extérieure de la fonte, se détachant par feuilles; dessous, se cachait le métal lui-même, grumeleux, plus dur : c'était cela qu'il devait limer. Il rassembla ses forces et se mit laborieusement au travail. Depuis ses bricolages d'enfant, il n'avait plus goûté au plaisir de voir sortir de ses mains quelque chose de palpable et d'utile.

— Plus doucement! lui cria le patron. En limant, il faut observer un rythme : une, deux — une, deux. Et appuyer fort, sans cela la lime casse.

Le plus ancien compagnon avait quelque chose à façonner au tour, et Hans ne put se tenir d'y jeter un coup d'œil. Un goujon d'acier était fixé sur la plaque, la courroie fut assujettie, et le goujon bourdonna, luisant, tournant à toute vitesse, cependant que le compagnon en retirait un copeau fin comme un cheveu.

Partout gisaient des outils, des blocs de fer, d'acier, de cuivre, des travaux à moitié terminés, des rouages brillants, des chignoles, des aciers tournés et des mèches de toutes tailles; près de la forge étaient suspendus des masses, des marteaux, des accessoires d'enclume, des tenailles et des fers à souder; le long du mur, des rangées de limes et de fraises; sur les étagères traînaient des chiffons à huile, des petits balais, des limes-émeris, des scies à métaux, des burettes d'huile, des flacons d'acides, des boîtes à clous et à vis. A tout instant, on se servait de la meule.

Hans constata avec satisfaction que ses mains étaient déjà toutes noires et espéra que son « bleu » prendrait bientôt une « patine », car il était si bleu qu'il ressortait ridiculement à côté des salopettes raccommodées et salies des autres.

Au fur et à mesure que la matinée avançait, un peu de la vie de l'extérieur venait se manifester dans l'atelier. Des ouvriers de la fabrique de bonneterie voisine avaient une pièce à faire limer ou à réparer. Il survint un paysan réclamant sa calandre à laver qu'il avait portée à réparer : il jura comme un païen en apprenant qu'elle n'était pas prête. Puis ce fut le tour d'un élégant propriétaire d'usine : ce dernier disparut avec le patron dans la pièce adjacente.

Au milieu de ces allées et venues, hommes, roues et courroies continuaient à travailler avec régularité;

c'est ainsi que Hans découvrit et connut pour la première fois de sa vie qu'il existait un hymne du travail, ce qui, du moins pour le débutant, avait quelque chose de prenant, de grisant, et vit sa petite personne, sa petite vie soumises à la domination d'un grand rythme.

A neuf heures, il y eut un quart d'heure de pause, et chacun reçut un morceau de pain et un verre de cidre. Ce ne fut qu'à ce moment qu'Auguste vint souhaiter la bienvenue au nouvel apprenti. Il lui adressa quelques paroles d'encouragement, s'emballa de nouveau à propos de ce prochain dimanche où il devait dépenser avec ses camarades sa première semaine de paye en plaisirs variés. Hans demanda ce que représentait cette roue qu'il limait, et il apprit qu'elle faisait partie d'une horloge de clocher; Auguste voulait lui montrer comment cela s'emboîterait et fonctionnerait un jour, mais le premier compagnon se remit à limer, et les autres regagnèrent en hâte leurs places.

Entre dix heures et onze heures, Hans commença à se sentir fatigué : ses genoux et son bras droit lui faisaient un peu mal. Il changeait de pied, étirait discrètement ses membres, mais cela ne faisait pas grand-chose. Alors, il lâcha la lime un instant et s'appuya sur l'étau. Personne ne faisait attention à lui. Cependant qu'il se reposait ainsi, entendant les courroies chanter au-dessus de lui, il fut saisi d'un léger étourdissement et ferma les yeux pendant une minute. Juste à cet instant, le maître était derrière lui.

— Eh bien! Qu'y a-t-il? Déjà fatigué?

— Oui, un peu! avoua Hans.

— Ça passera, dit le patron tranquillement. Viens donc voir un instant comment on soude. Allons, viens!

Hans regarda avec curiosité comment on soudait. D'abord, on faisait chauffer le fer à souder; ensuite, la partie à souder était passée à l'acide, puis du métal blanc tombait en gouttes sur le fer à souder, en sifflant doucement.

— Prends un chiffon et frotte bien cet objet. L'acide mord, il ne faut le laisser séjourner sur aucun métal.

Puis Hans retourna à son étau et gratta consciencieusement son petit rouage. Son bras le faisait souffrir; sa main gauche, celle qui appuyait sur la lime, était rouge et tout endolorie.

A midi, lorsque le premier compagnon déposa sa lime et alla se laver les mains, Hans vint apporter son travail au maître. Ce dernier y jeta un coup d'œil.

— Ça va, ça va... on peut le laisser comme ça. Sous ta place, il y en a un autre pareil : tu l'entreprendras cette après-midi.

Hans se lava les mains et s'en fut. Il avait une heure de liberté pour son repas.

Deux petits commis vendeurs, d'anciens camarades d'école, marchant sur ses pas dans la rue, se moquèrent de lui.

— Serrurier boursier! cria l'un.

Il accéléra l'allure. Il ne savait pas bien s'il était satisfait ou non; l'atelier ne lui avait pas déplu, seulement il était fatigué, affreusement fatigué.

Sur le seuil de la porte, au moment où il se réjouissait de s'asseoir un peu et de manger, il repensa à Emma. Il l'avait oubliée pendant toute la matinée. Il monta sans bruit dans sa chambre, se jeta sur son lit et gémit de chagrin. Il aurait voulu pleurer, mais ses yeux restèrent secs. Désespéré, il se trouva une fois de plus en proie à cette nostalgie qui le consumait. Sa tête bouillait, le faisait souffrir, et sa gorge se serrait de sanglots étouffés.

Le déjeuner fut une torture. Il fallait qu'il répondît à son père, qu'il racontât, qu'il supportât toutes sortes de petites taquineries, car le père était d'humeur à rire. A peine le repas terminé, il courut au jardin et y passa un quart d'heure à rêvasser; puis, il fut temps de retourner à l'atelier.

Déjà avant déjeuner, il avait attrapé des cals aux mains : maintenant, ils se mirent à le faire sérieusement souffrir et, le soir, ils étaient si gonflés qu'il ne pouvait rien toucher sans ressentir des douleurs. Et, avant de s'en aller, il dut mettre de l'ordre dans l'atelier sous la direction d'Auguste.

Le samedi fut pire. Les mains lui brûlaient. Les cals étaient devenus des ampoules. Le maître était de mauvaise humeur et jurait à la moindre occasion. Auguste le consolait, pourtant : cette histoire de cals, cela ne durerait que quelques jours. On avait ensuite les mains durcies et ne sentait plus rien. Mais Hans était horriblement malheureux; il loucha toute la journée sur la pendule et lima désespérément ses rouages.

Le soir, en rangeant, Auguste lui apprit en chuchotant qu'il comptait aller le lendemain avec quelques camarades à Bielach : on s'amuserait bien; ce serait très gai, et Hans ne devait en aucun cas manquer à la fête : qu'il vienne le chercher à deux heures. Hans accepta, bien qu'il eût préféré passer ce dimanche couché chez lui, tellement il se sentait misérable et fatigué. A la maison, la vieille Anna lui donna une pommade pour ses mains blessées; dès huit heures, il était au lit et dormit jusque tard dans la matinée, en sorte qu'il dut faire vite pour pouvoir accompagner son père à l'église.

A déjeuner, il parla d'Auguste et dit qu'il avait l'intention d'aller aujourd'hui avec lui dans les champs; le père n'avait rien contre, lui fit même cadeau de cinquante pfennigs et se borna à exiger qu'il fût de retour pour dîner.

Lorsque Hans se vit dehors par ce beau soleil, pour la première fois depuis des mois, il se réjouit de son dimanche. La rue prenait un aspect plus solennel, le soleil était plus vif, et tout avait comme un air de fête, semblait plus beau quand on avait derrière soi des journées de travail avec les mains noires et les membres rompus. Il comprit maintenant les

bouchers et les tanneurs, les boulangers et les forge-
rons, assis sur des bancs ensoleillés devant leurs
maisons, avec des airs royalement satisfaits, et ne les
considéra plus comme de pauvres cuistres. Il suivait
des yeux les ouvriers, les compagnons et les apprentis se promenant en rangs, entrant à l'auberge le
chapeau un peu de travers sur la tête, avec des cols
de chemise bien blancs et des habits du dimanche
bien brossés. En général, si ce n'est toujours, les
artisans se groupaient par corporation : le charpen-
tier avec les charpentiers, le maçon avec les maçons ;
ils se soutenaient entre eux et maintenaient l'honneur de leur corporation. Parmi eux, les serruriers
représentaient une sorte d'aristocratie, avec, à leur
tête, les mécaniciens. Tout cela était « bien de chez
soi », et, même si cela pouvait parfois paraître
quelque peu naïf et ridicule, il s'y cachait pourtant
la grandeur et l'orgueil du travailleur manuel, qui
représente encore aujourd'hui quelque chose d'heureux, de fort, duquel le dernier des petits apprentis
tailleurs reçoit lui-même un certain éclat.

A la façon dont les jeunes mécaniciens se tenaient
devant la maison Schuler, tranquilles et fiers,
saluant les passants et bavardant entre eux, on
voyait bien qu'ils formaient une corporation d'élite,
n'ayant besoin de rien ni de personne, même le
dimanche, pour s'amuser.

Hans sentit cela et se félicita de leur appartenir. Il
éprouvait pourtant une petite appréhension devant
la réjouissance dominicale à laquelle il avait été
convié, car il savait déjà que chez les mécaniciens les
joies de l'existence étaient envisagées de façon plutôt
massive et copieuse. Peut-être même danserait-on.
Hans ne savait pas danser ; mais, pour le reste, il
comptait bien se conduire en homme et, au besoin,
risquer une petite gueule de bois. Il n'était pas
habitué à boire beaucoup de bière et, pour ce qui est
de fumer, il était avec peine arrivé au stade de
pouvoir à la rigueur fumer un cigare jusqu'au bout
sans se déshonorer et sans trop de malaise.

Auguste l'accueillit avec une cordialité cérémonieuse; il expliqua que le premier compagnon n'avait pas voulu venir avec eux, mais qu'un collègue d'un autre atelier le remplaçait, en sorte qu'ils seraient quand même quatre et que cela suffisait bien pour mettre un village sens dessus dessous. Aujourd'hui, ils pouvaient s'en donner à cœur joie de boire de la bière, lui, Auguste, paierait pour tous. Il offrit un cigare à Hans, puis les quatre jeunes gens se mirent lentement en route, traversant la ville sans se presser, fiers comme Artaban, et n'accélérèrent leur allure qu'à la place des Tilleuls, afin de ne pas arriver trop tard à Bielach.

Le miroir du fleuve scintillait, bleu, doré, blanc; entre les érables et les acacias des allées, presque totalement dépouillés de leurs feuilles, un joli soleil d'octobre chauffait doucement; le ciel haut était d'un azur clair sans nuage. C'était une de ces belles journées d'automne, sereines, pures, aimables, où toutes les beautés de l'été passé chargent l'atmosphère de souvenirs agréables, souriants; où les enfants oublient la saison et font le projet d'aller cueillir des fleurs; par ces journées, les vieux, assis sur le banc devant chez eux ou à leur fenêtre, ont des yeux rêveurs et regardent dans le vague, car il leur semble que ce ne sont pas seulement les réminiscences enchantées de l'été passé, mais celles de toute leur vie qui planent, visibles, dans l'éther limpide. Les jeunes, eux, sont de bonne humeur et célèbrent ce beau jour chacun à sa manière et selon ses goûts : en libations, en sacrifices d'animaux, par le chant ou la danse; par des beuveries ou des combats; car, on a fait partout des tartes fraîches, dans toutes les caves fermentent le jeune cidre ou le vin doux; devant toutes les auberges, sur toutes les places plantées de tilleuls, violons et accordéons chantent les derniers beaux jours de l'année et invitent tout un chacun à chanter avec eux ou l'encouragent à des jeux amoureux.

Les jeunes gens avançaient vite. Hans fumait son

cigare d'un air détaché, en s'étonnant à part soi de le supporter si bien. Le compagnon parlait de son « tour » de compagnonnage, et personne ne trouvait à redire à ses fanfaronnades : c'était dans les coutumes. Le plus modeste des « compagnons », quand il est en place et qu'il se sait loin de témoins oculaires, parle de l'époque où il faisait son « tour » en des termes dithyrambiques, d'un ton inspiré, voire mythique. Car la magnifique poésie de la vie du jeune ouvrier faisant son « tour » ressortit du folklore et recrée pour chaque individu les vieilles aventures traditionnelles, enjolivées d'arabesques nouvelles. Et le moindre clochard, quand il commence à raconter, a en lui un peu des immortels Eulenspiegel et Straubinger.

— Donc, à Francfort, où j'étais à ce moment-là... Saperlotte! C'en était, une vie! Je ne vous ai jamais dit comment un riche négociant, un vrai singe habillé, avait voulu épouser la fille du patron? Mais elle l'a envoyé au diable parce qu'elle m'aimait un peu mieux, ma foi! Elle a été ma bonne amie pendant quatre mois, et si je n'avais pas eu des histoires avec le vieux, je serais là-bas comme gendre...

Et il raconta comment son maître, ce chameau, avait voulu lui faire des reproches, ce misérable marchand d'âmes, et avait été jusqu'à lever la main sur lui; lui n'avait rien dit, il s'était borné à brandir une masse et avait regardé le vieux de telle façon qu'il s'en était allé sans broncher, parce qu'il tenait à son crâne, et, ensuite, il lui avait signifié son congé par lettre, le lâche. Puis il fit le récit d'une grande bataille à Offenburg, au cours de laquelle trois serruriers, dont il était, avaient à moitié tué sept ouvriers d'une des fabriques. Celui qui irait à Offenburg n'avait qu'à demander au grand « Schorsch », il y était encore, et il était avec eux cette fois-là.

Tout cela était narré d'un ton froid et brutal, mais avec une grande ardeur intérieure et un parfait contentement de soi. Chacun écoutait avec une joie profonde et se promettait par-devers soi de raconter cette même histoire plus tard, ailleurs, à d'autres camarades. Car tout serrurier a été une fois dans sa vie l'amant de la fille de son patron, a levé un marteau vengeur sur un méchant maître, a massacré sept ouvriers d'usine. L'histoire se situe tantôt dans le duché de Bade, tantôt dans le Hesse ou en Suisse; tantôt, au lieu d'un marteau, c'est une lime ou un fer rougi; tantôt, au lieu d'ouvriers d'usine, c'étaient des boulangers ou des tailleurs; mais ce sont toujours les mêmes éternelles histoires, et on les réentend toujours avec plaisir; car elles sont anciennes, ont fait leurs preuves et font honneur à la corporation. Cela ne veut pas dire que l'on ne rencontre pas de temps à autre parmi les compagnons du « tour » un génie de l'aventure ou de la découverte, ce qui, au fond, revient au même.

Auguste, notamment, était séduit et ravi. Il riait facilement, approuvait, se sentait déjà à moitié compagnon lui-même et soufflait la fumée de son cigare dans l'air doré avec des mines blasées de jouisseur. Et le conteur continuait à jouer son rôle, car il tenait à établir sans équivoque possible que sa présence parmi eux était le fait d'une bienveillante condescendance, car sa qualité de compagnon le dispensait de se mêler, le dimanche, aux apprentis et il était bien bon d'aider ce galopin à boire ses sous.

On avait fait un bon morceau de la grande route en aval; on avait maintenant le choix entre une confortable petite route gravissant lentement la côte avec de grands lacets et un sentier abrupt, qui était plus court de moitié. On choisit la route, quoiqu'elle fût plus longue et poussiéreuse. Les sentiers, c'est bon pour les jours ouvrables et pour les messieurs qui se promènent; le peuple, surtout le dimanche, préfère la route, dont la poésie n'est pas encore perdue pour lui. Grimper des sentiers à pic, c'est l'affaire des paysans ou des amis de la nature venant des villes : c'est un travail ou un sport, mais ce n'est pas un plaisir pour le peuple. Par contre, c'est le cas pour la route, où l'on avance à l'aise en bavardant, où l'on ménage souliers et vêtements du dimanche, où l'on voit chevaux et voitures, où l'on dépasse d'autres promeneurs, rencontre des filles parées et des groupes de gars chantant, où l'on échange des plaisanteries et des rires, où l'on s'arrête et jacasse, et, le cas échéant, court en riant après les filles; où, encore, on vide le soir ses querelles entre loyaux camarades pour se retrouver ensuite d'accord.

On prit donc la route, qui se déroulait paisiblement, aimablement, avec de grands tournants, et s'enfonçait dans la montagne comme quelqu'un qui a le temps et qui n'aime pas à faire couler inutilement la sueur. Le compagnon avait retiré sa veste, et l'avait accrochée au bout de son bâton, qu'il portait sur l'épaule; il ne racontait plus : il sifflait d'une manière dégagée et joviale. Il siffla ainsi jusqu'à ce qu'une heure plus tard l'on fût parvenu à Bielach. Hans avait été en butte à quelques piques, sans qu'il en fût blessé, et Auguste les avait parées avec plus de vivacité que lui.

Bielach était un village aux toits de tuiles rouges ou de chaume argenté, blotti parmi les arbres fruitiers aux couleurs de l'automne et surplombé derrière par les sombres forêts de la montagne.

Les jeunes gens ne parvenaient pas à s'entendre sur l'auberge à laquelle on accorderait la préférence. L'Ancre vendait la meilleure bière, mais le Cygne s'enorgueillissait des meilleurs gâteaux; quant au Bon Coin, la fille du patron y était bien jolie... Enfin, Auguste décida que l'on irait d'abord à l'Ancre et ajouta en clignant de l'œil que le Bon Coin ne s'enfuirait pas pendant que l'on boirait des chopes : il serait donc facile de le retrouver ensuite! Tous furent du même avis, et l'on entra dans le village, passant devant les étables et les fenêtres basses des maisons, aux rebords ornés de géraniums, se dirigeant vers l'Ancre, dont l'enseigne dorée luisait au soleil entre deux jeunes marronniers ronds. Au grand dam du compagnon, qui voulait à toute force prendre place à l'intérieur, la salle était pleine à craquer, et l'on dut s'installer dehors.

L'Ancre, selon ses clients, était un « beau local ». C'est-à-dire pas une de ces vieilles auberges paysannes, mais un cube moderne en briques, avec trop de fenêtres, des chaises, au lieu de bancs, et une grande abondance de panneaux réclames en zinc colorié; de plus, une servante habillée comme à la ville et un aubergiste que l'on n'avait jamais vu en manches de chemise, mais toujours cérémonieusement vêtu d'un complet marron à la dernière mode.

En principe, il était en faillite; mais il avait repris son ancien établissement en gérance à son créancier principal, un gros brasseur, et n'en était devenu que plus distingué. Le jardin comportait un acacia et un grand treillage de fil de fer, à cette époque à demi recouvert de vigne vierge.

— A la vôtre, les amis! s'écria le compagnon en choquant son verre contre les trois autres. Et pour se faire valoir, il le but tout entier d'un trait.

— Dites donc, belle demoiselle, il n'y avait rien dedans! Apportez-en tout de suite un autre! cria-t-il à la servante, et il lui tendit sa chope vide par-dessus la table.

La bière était excellente, fraîche, pas trop amère, et Hans but son verre avec plaisir. Auguste dégustait en fin connaisseur, faisait claquer sa langue et fumait comme un mauvais poêle, ce que Hans admirait en silence.

Cela ne manquait pas d'agrément de passer ainsi un bon dimanche et d'être assis à une table d'auberge comme quelqu'un qui en a le droit et l'a mérité, avec des gens vifs et gais. C'était bon de rire aussi et de risquer parfois soi-même une plaisanterie, c'était bon et viril, après avoir fini son verre, de le frapper avec force sur la table et d'appeler : « Encore un, mademoiselle. » C'était bon de porter une santé à une connaissance à une autre table, le mégot froid du cigare pendant dans la main gauche et le chapeau repoussé sur la nuque, comme les autres.

Le compagnon étranger que l'on avait emmené commençait à s'échauffer et se mit aussi à raconter. Il connaissait un serrurier à Ulm qui pouvait boire vingt verres de bière, de la bonne bière d'Ulm, et quand il avait fini, il s'essuyait la bouche et disait : « Bon! Et maintenant, une bonne petite bouteille de vin! » Et il avait rencontré à Cannstatt un chauffeur capable de manger douze saucisses l'une après l'autre; il avait même gagné un pari comme ça. Mais il en avait perdu un deuxième du même genre. Il s'était engagé à manger tous les plats inscrits sur la carte d'un petit restaurant; et il avait en effet presque tout englouti; mais, à la fin, il y avait sur la carte des fromages variés : au troisième, il avait repoussé son assiette et avait dit : « Plutôt mourir que d'avaler encore une bouchée! »

Ces histoires eurent un grand succès, et il fut démontré qu'il y a ici et là sur terre des mangeurs infatigables et des buveurs intrépides, car chacun avait quelque chose à dire au sujet d'un héros de cette espèce et de ses performances. Chez l'un, c'était « un homme à Stuttgart »; chez l'autre, « un dragon, je crois — à Ludwigsburg »; chez l'un, il s'agissait de dix-sept pommes de terre; chez l'autre, de onze crêpes avec de la salade. On exposait ces faits avec un sérieux objectif, et on se laissait aller à reconnaître avec condescendance qu'il existait, il n'y a pas à dire, quantité de dons extraordinaires et de gens remarquables, et parmi eux, de drôles de pistolets. Cette condescendance et cette objectivité sont d'anciens et vénérables vestiges de toutes les « philistineries » d'habitués de cafés et sont imitées par les jeunes gens tout autant que boire, discuter politique, fumer, se marier et mourir.

Au troisième verre, l'un des jeunes gens demanda s'il n'y avait pas de gâteau. On appela la servante, et l'on apprit que, non, il n'y avait pas de gâteau; sur quoi, ils s'énervèrent beaucoup. Auguste se leva en disant que, puisqu'il n'y avait même pas de gâteau, on n'avait qu'à aller une maison plus loin. Le compagnon étranger vitupéra cette sale boîte; seul, le Francfortois voulait rester, s'étant familiarisé avec la servante et l'ayant déjà plusieurs fois intensivement caressée. Hans s'en était aperçu, et cette vision ajoutée à la bière ne l'avait pas peu troublé. Il fut heureux que l'on s'en allât.

Lorsque l'ardoise fut réglée et qu'ils se retrouvèrent tous dans la rue, Hans commença à se ressentir de ses trois chopes. C'était une sensation agréable, mi-lassitude, mi-désir d'aventures; il avait aussi quelque chose comme un mince voile devant les yeux, à travers lequel tout paraissait plus lointain et presque irréel, un peu comme dans un rêve. Il riait sans arrêt, avait mis son chapeau en casseur et se prenait pour un personnage étonnamment spirituel. Le Francfortois se remit à siffler à sa manière guerrière, et Hans essaya de marcher au pas.

Au Bon Coin, c'était assez calme. Quelques paysans buvaient du vin nouveau. Il n'y avait pas de bière à la pression, seulement en bouteille; et, aussitôt, chacun reçut la sienne. Le compagnon étranger voulut se montrer généreux et commanda pour tout le monde une grande tarte aux pommes. Hans eut soudain une faim d'enfer et en mangea plusieurs morceaux à la suite. On se sentait bien dans cette vieille salle d'auberge brune, sur les solides et larges bancs de bois fixés au mur. Le comptoir démodé et l'énorme poêle disparaissaient dans la demi-obscurité. Deux tourterelles voletaient dans une grande cage aux barreaux de bois; pour nourriture, on leur avait passé des branches de sorbier couvertes de baies rouges.

L'aubergiste vint un moment à la table pour souhaiter la bienvenue à ses clients. Il fallut un moment pour renouer le fil de la conversation. Hans but quelques gorgées de sa forte bière en bouteille et se demanda avec curiosité s'il pourrait en venir à bout.

Le Francfortois faisait de nouveau le hâbleur à propos des fêtes des vendanges en Rhénanie, du « tour » et de vagabondages; on l'écoutait gaiement, et Hans lui-même n'arrêtait plus de rire.

Tout à pas coup, il eut conscience que quelque chose n'était pas normal : à tout instant, la salle, la table, les bouteilles, les verres et les camarades se confondaient en un doux nuage brun et ne reprenaient leurs formes réelles que s'il se ressaisissait avec énergie. De temps à autre, quand le bavardage et les rires s'enflaient démesurément, il riait fort ou disait quelque chose qu'il oubliait tout de suite. Quand on trinquait, il trinquait aussi, et, au bout d'une heure, vit avec stupéfaction que sa bouteille était vide.

— Tu as une bonne descente de gosier! dit Auguste. En veux-tu une autre?

Hans accepta en riant. Il s'était imaginé une beuverie de ce genre comme infiniment plus dangereuse. Et le Francfortois attaquant une chanson, à laquelle se joignirent les autres, il chanta aussi à pleine gorge.

Pendant ce temps, la salle s'était remplie; la fille de l'aubergiste vint donner un coup de main à la servante. C'était une belle grande personne bien faite, avec un visage sain, énergique, et de paisibles yeux bruns.

Comme elle posait la nouvelle bouteille auprès de Hans, le compagnon, assis à ses côtés, s'empressa de la bombarder de ses plus fines galanteries, auxquelles elle n'accorda aucune attention. Peut-être pour démontrer à ce dernier son indifférence, ou peut-être parce que sa charmante figure d'adolescent lui plaisait, elle se tourna vers Hans et lui passa rapidement la main dans les cheveux; puis elle retourna derrière le comptoir.

Le compagnon, qui en était à sa troisième bouteille, la suivit et se donna un mal inouï pour entrer en conversation avec elle, mais sans succès. La grande fille le regardait avec patience, ne répondait pas et lui tourna bientôt le dos. Il revint alors à la table, tambourina avec les bouteilles vides et cria dans un soudain accès d'exubérance :

— Soyons gais, les enfants : trinquons!

Et il se mit à raconter une juteuse histoire de femme.

Hans n'entendait plus qu'un vague murmure de voix, et, lorsqu'il eut presque fini sa deuxième bouteille, parler et même rire lui devinrent pénibles. Il voulut aller vers la cage aux tourterelles et taquiner un peu les oiseaux; mais, après les deux premiers pas, la tête lui tourna, pour un peu il serait tombé; prudemment, il reprit sa place.

A partir de ce moment, son expansive gaieté diminua. Il se savait ivre, et cette beuverie ne lui semblait plus amusante du tout. Il voyait toutes sortes d'ennuis le guetter dans un avenir pas trop lointain : le chemin du retour, une scène désagréable avec son père et, demain matin, de nouveau l'atelier. Et il sentait monter une migraine.

Les autres commençaient à en avoir assez aussi. Dans un moment de lucidité, Auguste demanda à payer et on ne lui rendit pas beaucoup de monnaie sur son thaler. Riant et plaisantant, on sortit dans la rue, ébloui par la claire lumière de la soirée. Hans pouvait à peine se tenir debout et s'accrochait en vacillant à Auguste, se faisant traîner par lui.

Le serrurier étranger était devenu sentimental. Il chantait : « Demain, il faut que je te quitte... » et avait les larmes aux yeux.

En principe, on voulait rentrer; mais en passant devant le Cygne, le compagnon insista pour entrer. A la porte, Hans se détacha :

— Il faut que je rentre.

— Tu es incapable de marcher seul! rit le compagnon.

— Si... si... Il... faut que... je rentre...

— Viens toujours prendre la goutte, petit. Cela te remettra d'aplomb et te fera du bien à l'estomac... Mais oui, tu verras!

Hans sentit un petit verre dans sa main. Il en

183

renversa une partie et avala le reste : un feu lui brûla le gosier. Il fut secoué par une violente nausée. Il dégringola seul les marches du perron et sortit, il ne sut trop comment, du village. Les maisons et les jardins vacillaient sur son passage.

Il se coucha sous un pommier dans une prairie humide. Un monde de sensations écœurantes, de hantises torturantes et de pensées inachevées l'empêchait de s'endormir. Il se sentait sali, souillé. Comment allait-il rentrer? Que dirait-il à son père? Et que deviendrait-il demain? Il était si brisé, si misérable qu'une éternité de repos, de sommeil, de remords ne suffirait pas. La tête et les yeux lui faisaient mal, et il ne trouvait même pas en lui la force suffisante pour se lever et continuer son chemin.

Tout à coup, comme une vague soudaine, lui revint un écho de sa gaieté précédente; il fit une grimace et se mit à fredonner :

> Ah! mon bien cher Augustin,
> Augustin, Augustin,
> Ah! mon bien cher Augustin,
> Tout a une fin.

A peine eut-il chanté que quelque chose lui fit mal intérieurement et qu'un flux trouble d'images et de souvenirs imprécis, de honte, de remords l'envahit.

Une heure passa; le soir tombait. Il se leva et descendit la côte en zigzaguant péniblement.

M. Giebenrath avait copieusement pesté lorsque son fils n'avait pas été de retour pour le dîner. Quand sonnèrent neuf heures, et que Hans brillait toujours par son absence, il prépara une longue canne de roseau dont on ne s'était plus servi depuis longtemps. Le gars pensait probablement qu'il avait passé l'âge des corrections? Il aurait lieu de se féliciter en rentrant!

A dix heures, il ferma la porte à clef. Si monsieur

son fils avait envie de faire des frasques, il n'avait qu'à rester dehors!

Cependant, il ne s'endormit point; il attendit d'heure en heure avec une colère croissante qu'une main essayât la poignée et tirât timidement la sonnette. Il se représentait la scène. Ce vagabond verrait de quel bois il se chauffait! Le galopin serait probablement ivre, mais pas pour longtemps, le voyou, le sournois, le misérable! Même s'il devait lui briser les os un à un.

Le sommeil réussit enfin à les maîtriser, sa colère et lui.

A ce moment même, il y avait déjà longtemps que le Hans, objet de ces menaces, descendait fraîchement et paisiblement le courant du fleuve ténébreux. Le dégoût, la honte, la peine lui étaient définitivement épargnés. La nuit d'automne, froide et bleue, se penchait sur son corps maigre emporté par le flot; l'eau noire jouait avec ses mains, ses cheveux et ses lèvres pâlies. Personne ne le vit, sinon, juste avant l'aube, une craintive loutre en chasse, qui le regarda sournoisement et nagea sans bruit à côté de lui. Peut-être s'était-il égaré et avait-il dérapé dans un éboulis. Il avait peut-être voulu boire et avait perdu l'équilibre. Ou bien la vue de cette belle eau l'avait attiré, s'était-il penché, et, comme la nuit limpide, la pâleur lunaire s'y reflétaient si sereines, si apaisantes, peut-être la fatigue et la peur l'avaient-elles poussé silencieusement dans les ombres de la mort.

Le jour venu, on le trouva et le porta chez lui. Le père, interdit, dut ranger sa canne de roseau et laisser s'écouler la fureur amassée au cours de la nuit. Certes, il ne pleura pas et ne fit trop rien paraître; mais, la nuit suivante, il ne dormit pas non plus et jetait de temps en temps un coup d'œil par la fente de la porte à son fils immobile, couché sur un lit propre, qui, avec son beau front et son visage pâle et intelligent, avait toujours cet air d'exception, lui donnant un droit inné à un destin différent. Au front et aux mains, la peau portait des meurtrissures d'un rouge bleuté. Ses beaux traits étaient détendus; sur ses yeux se fermaient ses paupières blanches, et la bouche entrouverte exprimait le contentement, presque la gaieté. On eût dit que le garçon avait été fauché dans sa fleur, arraché à une vie heureuse; et le père lui-même, dans son immense fatigue et son deuil solitaire, succombait à cette souriante illusion.

L'enterrement attira un grand concours d'assistants et de curieux. Hans Giebenrath était redevenu une célébrité, intéressant chacun; et les professeurs, le recteur et le pasteur de la ville participèrent de nouveau à sa destinée. Ils se présentèrent tous en redingote et haut-de-forme de cérémonie, suivirent le cortège et s'arrêtèrent un moment auprès de la tombe, chuchotant entre eux. Le professeur de latin avait l'air particulièrement mélancolique, et le recteur lui dit à mi-voix:

— Oui, hélas! Monsieur le Professeur, il aurait pu devenir quelqu'un! N'est-ce pas navrant que ce soit précisément avec les meilleurs que l'on a si souvent des mécomptes?

Maître Flaig resta le dernier auprès de la tombe avec le père et la vieille Anna, qui n'arrêtait pas de sangloter.

— Oui, c'est dur, monsieur Giebenrath, dit-il plein de pitié. J'aimais le garçon, moi aussi...

— On ne réalise pas! soupira Giebenrath. Il était si doué! Et tout allait si bien, l'école, l'examen... Et puis, tout à coup, un malheur après l'autre.

Le cordonnier désigna du geste les redingotes qui passaient en ce moment la porte du cimetière:

— Voici quelques messieurs, dit-il tout bas, qui ne sont pas tout à fait étrangers à la chose...

— Quoi? sursauta l'autre; et il regarda le cordonnier, stupéfait et effrayé. Quoi, saperlotte! et comment donc?

— Calmez-vous, mon voisin, je ne parlais que du maître d'école.

— Comment, pourquoi?...

— Oh! rien. Et vous et moi, nous avons peut-être eu également des torts vis-à-vis de l'enfant, ne croyez-vous pas?

Au-dessus de la petite ville, le ciel avait tendu sa gaie voûte azurée; le fleuve étincelait dans la vallée; les montagnes couvertes de sapins bleuissaient au loin, douces et passionnées. Le cordonnier eut un triste sourire et prit le bras de l'homme qui, sortant du silence, du chaos, des pensées étrangement douloureuses de l'heure, allait, hésitant, perplexe, retrouver l'ornière de son existence habituelle.

LA COMPOSITION, L'IMPRESSION ET LE BROCHAGE DE CE LIVRE
ONT ÉTÉ EFFECTUÉS PAR LA SOCIÉTÉ NOUVELLE FIRMIN-DIDOT
POUR LE COMPTE DES PRESSES POCKET
ACHEVÉ D'IMPRIMER LE 30 DÉCEMBRE 1986

PRESSE POCKET – 8, rue de Garancière – 75006 PARIS

Tél. : 46-34-12-80

Imprimé en France
Dépôt légal : janvier 1987
N° d'édition : 2330 – N° d'impression : 5734